Mary Poppins

特拉芙斯作品典藏

玛丽阿姨打开虚幻的门

[英] 帕·林·特拉芙斯 著

任溶溶 译

明天出版社

图书在版编目（CIP）数据

玛丽阿姨打开虚幻的门 ／（英）帕·林·特拉芙斯
著；任溶溶译. —济南：明天出版社，2018.3
（特拉芙斯作品典藏）
ISBN 978-7-5332-9648-3

Ⅰ.①玛…　Ⅱ.①帕…　②任…　Ⅲ.①儿童小说-
长篇小说-英国-现代　Ⅳ.①I561.84

中国版本图书馆CIP数据核字(2018)第030643号

特拉芙斯作品典藏

玛丽阿姨打开虚幻的门

[英]帕·林·特拉芙斯／著

任溶溶／译

出 版 人　傅大伟
责任编辑　刘义杰　张　扬
美术编辑　赵孟利
出版发行　山东出版传媒股份有限公司
　　　　　明天出版社
　　　　　山东省济南市市中区万寿路19号　　邮编：250003
　　　　　http：//www.sdpress.com.cn　http：//www.tomorrowpub.com
经　　销　新华书店
印　　刷　肥城新华印刷有限公司
版　　次　2018年3月第1版
印　　次　2018年3月第1次印刷
规　　格　148毫米×205毫米　32开
印　　张　7.5　140千字
印　　数　1-35000
I S B N　978-7-5332-9648-3
定　　价　23.00元
山东省著作权合同登记号：图字15-2016-228号

Mary Poppins Opens the Door

如有印装质量问题　请与出版社联系调换

电话：0531-82098710

目录

作者的话　谈谈 11 月 5 日盖伊·福克斯日…………1

第一章　11 月 5 日……………………………3

第二章　特威格利先生的七个希望……………30

第三章　看国王的猫……………………………55

第四章　大理石男孩……………………………83

第五章　薄荷糖马………………………………113

第六章　高潮……………………………………140

第七章　但愿永远这样快活……………………167

第八章　另外一扇门……………………………195

随风而来的玛丽阿姨

——走进孩童日常生活的精灵………………227

谈谈 11 月 5 日盖伊·福克斯日

在英国，11 月 5 日是盖伊·福克斯日。第二次世界大战以前，每逢这一天，为了庆祝这个日子，草原上生起篝火，公园里燃放烟火，街上举着"盖伊"大游行。这些"盖伊"都是稻草人，游行完毕，它们在欢呼声中被扔到火堆里烧掉。孩子们把稻草人的脸涂黑，给它们穿上滑稽可笑的衣服，拿着它们到处去讨钱。只有最小气的人才不肯给个子儿，这些人据说总是要倒大霉的。

原先的那个盖伊·福克斯，是"火药阴谋事件"的主谋之一。这个阴谋是，要在 1605 年 11 月 5 日炸毁议会大厦，炸死当时的英王詹姆斯一世。但阴谋败露，没有成功。结果英王詹姆斯和议会大厦无恙，而可怜的盖伊·福克斯却和其他阴谋者一起

被处死了。不过到了今天，盖伊·福克斯倒还被人记住，英王詹姆斯却被人遗忘了。因为从那时候起，11月5日在英国，就如同7月4日国庆节在美国，人们大放烟火。从1605年到1939年，每逢盖伊·福克斯日，各郡每块村镇公用绿地都要生起篝火。在我居住的苏塞克斯乡下，我们把篝火生在教区牧师的围场里。每年火一生起来，牧师家那头母牛就要跳舞。它从烈火熊熊燃烧起来一直跳到灰烬变黑变冷为止。第二天早晨——年年如此——牧师得挤它的奶在早餐时吃。想想也叫人奇怪，这么一头母牛，为了议会大厦许多年前得救，竟会这样打心底里欣喜若狂。

不过，在1939年第二次世界大战开始以后，这一天在村镇公用绿地再也不生篝火了，公园里也不再燃放烟火，街上又黑又冷清，但不会永远这么黑黑的。有一天会来个11月5日——或者别的日子，这没关系——到了这一天，从英国的这头到那头，熊熊的火堆将会连成一串，孩子们也会和过去的日子一样，在火堆周围蹦蹦跳跳。他们会手拉手地围着看烟火在天上啪啪爆炸，然后唱着歌回到他们灯火通明的家里去……

帕·林·特拉芙斯
1943年

第一章

11 月 5 日 [1]

这是一个严寒刺骨的早晨，它提醒大家，冬天就要到了。樱桃树胡同静悄悄的。迷雾像影子一样笼罩着公园。所有的房子让灰雾裹着，看上去一模一样。布姆海军上将家那根旗杆，顶上有副望远镜的，完全看不见了。

卖牛奶的拐弯走进胡同，简直连路都看不出来。

"卖——牛奶！"他在海军上将家门口叫了一声。他的声音听上去那么沉闷古怪，连他自己也吓一跳。

"我要等雾散了再来。"他心里说。"喂！小心点走路好不好？"他朝前走，忽然一个人影从雾中赫然出现，在他的肩

[1] 见前面《作者的话》。

·3·

上一撞。

"对不起……对……对不起。"一个轻轻的含混声音说。

"噢,是你啊!"卖牛奶的松了口气说。

"对不起。"扫烟囱的又说了一声。他用刷子挡住脸,让他的小胡子别被雾弄湿了。

"你出来得太早了吧?"卖牛奶的说。

扫烟囱的用他的黑色大拇指指指拉克小姐的家。

"得在那两只狗吃早饭以前扫好烟囱。怕煤灰会弄得它们咳嗽。"他解释说。

卖牛奶的粗声大笑。只要提到拉克小姐那两只狗,人人都是这样做的。

雾在空中缭绕。胡同里一点儿声音也没有。

"嘿!"卖牛奶的打着冷战说,"这样静,让我害怕!"

他正这么说着,胡同醒过来了。其中一家突然传出一声吼叫,还有跺脚的声音。

"那是 17 号!"扫烟囱的说,"对不起,老伙计,我想是要我去了。"他小心翼翼地摸着路走到那家院门,走上花园小径……

在屋子里,班克斯先生正在大踏步地走过来走过去,踢着前厅里的家具。

"我都受不了啦!"他拼命地挥动着双臂大叫。

"你一个劲儿这么叫,"班克斯太太也叫道,"可就是不告诉我到底是怎么回事,有什么不对头。"她担心地盯着班克

斯先生。

"样样不对头！"他咆哮道。"看这个！"他朝她摆动右脚。"再瞧这个！"他摆动左脚。

班克斯太太仔细看他的两只脚。她近视得厉害，厅里又暗。

"我……呃……没看到什么不对头啊。"她怯怯地开口说。

"你当然看不到！"他讽刺道，"这当然是我想象出来的，以为是罗伯逊·艾给了我一只黑皮鞋一只黄皮鞋！"他说着又摆动他的两只脚。

"噢！"班克斯太太马上大叫一声，因为她这会儿看到是什么不对头了。

"你就说声'噢'吧！等我晚上叫罗伯逊·艾卷铺盖，他也要这么说一声。"

"那不是他的错，爸爸！"简从楼梯上叫着，"他看不见——因为有雾。再说他身子也不强壮。"

"他强壮得足够把我吃穷！"班克斯先生生气地说。

"他需要休息了，爸爸！"迈克尔提醒他，紧跟着简下楼。

"他有得休息了！"班克斯先生保证说，同时拿起他的公文包，"想到这些事情，我早该想到不结婚！或者一个人在洞穴里过。或者去周游世界。"

"那我们怎么办呢？"迈克尔问道。

"你们就得自己照料自己。你们活该！我的大衣在哪里？"

"在你的身上，乔治。"班克斯太太胆怯地说。

"哦，对！"他回答了一声，"可只有一粒扣子！我有什

么好处吗？我只是一个付账
单的人。今天晚上我不回家
吃饭了。"

孩子们哭也似的哇哇反
对。

"可今天是盖伊·福克
斯日啊，"班克斯太太用甜
言蜜语哄他说，"你总会好
心放放烟火吧？"

"我不放烟火！"班克
斯先生叫道，"从早到晚尽
是烦恼！"他甩开班克斯太
太放在他胳臂上的手，冲出了屋子。

"拉拉手吧，先生，"当班克斯先生撞到扫烟囱的身上时，
扫烟囱的用友好的口气说，"你知道，跟扫烟囱的拉拉手，一
天运气好。"

"走开，走开！"班克斯先生凶巴巴地说，"今天不是我
运气好的日子！"

扫烟囱的在后面看了他一会儿。接着他微微笑笑，伸手按
门铃……

"他不是当真的，对吗，妈妈？他会回家放烟火的！"简
和迈克尔朝班克斯太太扑过去，拉她的裙子。

"噢,我什么也不能保证,孩子们!"她对着门厅镜子看自己的脸,叹了口气。

她心里说:"真的,我瘦了。我的一个酒窝已经没有了,另一个酒窝很快也要没有了。没有人再会朝我看了。这全怪她!"

这个她,班克斯太太指的是玛丽·波平斯,就是玛丽阿姨,孩子们原先的保姆。玛丽阿姨在她家那会儿,一切顺顺当当。可自从那天她离开了他们——忽然说走就走,事先也不打个招呼——家里就一团糟,而且越来越糟。

班克斯太太伤心地想:"如今光我一个人,带着五个野孩子,没有一个人能帮帮我。我在报上登过找保姆启事,我求过我的朋友,可一点儿用也没有。乔治的脾气越来越坏,安娜贝儿在长牙齿,简、迈克尔和双胞胎是那么淘气,厉害的所得税就不用说了……"

她看着一颗泪珠流过原先是酒窝的那个地方。

"没有办法,"她忽然做出决定说,"我只好去请安德鲁小姐上这儿来了。"

四个孩子一听到安德鲁小姐,同时大叫起来。在儿童室里,安娜贝儿也正在尖叫,因为安德鲁小姐曾经是他们爸爸的家庭教师,他们知道她有多么可怕。

"我不跟她说话!"简生气地大叫。

"如果她来,我要在她的鞋子上吐口水!"迈克尔威胁说。

"不,不,不要她来!"约翰和巴巴拉悲伤地叫道。

班克斯太太用双手捂住耳朵。"孩子们,行行好!"她绝

望地叫道。

"对不起,太太,"女仆埃伦轻轻拍拍班克斯太太的肩膀说,"扫烟囱的来了,要扫起居室的烟囱。不过我得先跟你说,太太,今天我休息!他扫完烟囱我不能打扫。就这么回事!"她擤着鼻涕,吹喇叭那样响。

"对不起!"扫烟囱的拿进来他的袋子和刷子,愉快地说。

"是谁啊?"布里尔太太从厨房里赶出来说,"是扫烟囱的?今天是烤面包的日子!不行,你不能干!我很抱歉地告诉你,太太,这黑人一进烟囱,我就离开这房子。"

班克斯太太毫无办法地朝四下里看。

"我并没有叫他来!"她说,"我甚至不知道烟囱要扫!"

"烟囱总是喜欢刷子刷的。"扫烟囱的冷静地走进起居室,开始摊开他的罩布。

班克斯太太紧张地看着布里尔太太。"也许罗伯逊·艾能帮个忙吧……"她开口说。

"罗伯逊裹着你最好的花边披巾,正在食物室里睡大觉呢,什么都不能把他叫醒,"布里尔太太说,"我也不用再听到吹那喇叭了。好,如果你同意,我这就收拾我的东西。怎么,放开我,你这印度人!"

因为扫烟囱的已经抓住布里尔太太的手,使劲地摇它。她脸上一下子泛起勉强的笑容。

"好吧……就这一回!"她开心起来,说。于是她走下厨房的楼梯。

扫烟囱的对埃伦咧嘴笑。

"你别碰我，你这野人！"埃伦用害怕的声音尖叫。可是他握紧了她的手，她也一下子开始微笑起来。"好吧，只是别弄脏地毯！"她警告了他一声，急急忙忙去干她的活儿了。

"拉手吧！"扫烟囱的转向孩子们说，"跟扫烟囱的拉手，一定能给你们带来好运！"他在他们每人的手掌上留下一个黑印。真的，他们也全都一下子觉得好多了。

接着他向班克斯太太伸出他的手。她一握住他温暖的黑手指，勇气又恢复了。

"有困难我们必须对付着过，小宝贝们，"她说，"我再登个启事另找一位保姆。事情也许会好转的。"

简和迈克尔松了口气。她总算不把安德鲁小姐请来了。

"那么你要有好运气怎么办呢？"简跟着扫烟囱的走进起居室，在他后面问道。

"噢，我就跟我自己拉手。"他快活地说着，把刷子往烟囱里面推去。

孩子们看他干活儿看了一整天，争着递给他刷子。班克斯太太不时进去，埋怨太吵了，催扫烟囱的快点把活儿干完。

窗子外面，雾也整天在胡同里面飘。所有的声音都模模糊糊的。鸟大都飞走了。只除了一只脱了毛的老椋鸟，它一直透过百叶窗缝朝里看，像在找什么人。

最后，扫烟囱的从烟囱里爬出来，对他干的活儿微微地笑。

"谢谢你！"班克斯太太连忙说，"好，我断定你一定要

收拾回家了……”

　　“我不急，”扫烟囱的说，“我的茶点要6点钟才准备好，我有一个钟头的时间闲着……”

　　“你可不能在这里闲着！”班克斯太太急叫道，“我得在我先生回家前把这房间收拾干净！”

　　“我告诉你怎么办……”扫烟囱的平静地说，“如果你们有一两个烟火，我可以带你们的孩子到公园去放给他们看。这可以让你休息休息，又可以让我享受享受。我从小就爱烟火——甚至没生下来就爱了！”

　　孩子们欢声雷动。迈克尔跑到一个窗口，拉起百叶窗。

　　“噢，看看发生什么事了！”他得意地叫道。

　　因为樱桃树胡同已经变了样。寒冷的灰雾散开了。胡同里的房屋被照亮了，发出温暖柔和的光。西边闪耀着落日的余晖，淡红色的，十分亮。

　　“记住你们的大衣！”班克斯太太在孩子们冲出去时叫道。接着她跑到楼梯下面的壁橱，拿出一包东西。

　　“这个给你！”她喘着气对扫烟囱的说，“可别忘了，小心火星！”

　　“火星？”扫烟囱的说，“对了，我就爱看火星。火星接下来是煤烟！”

　　当他顺着花园小径往外走的时候，孩子们像小狗那样在他身边蹦蹦跳跳。班克斯太太在铺着罩布的椅子上坐下休息了两分钟。椋鸟看了她一会儿，然后失望地摇摇头，又飞走了。

当他们穿过马路时，阳光暗淡下来。在公园栏杆旁边，卖火柴的伯特摆出他的碟子，用火柴点亮了蜡烛，开始在人行道上画画。当孩子们急急忙忙进公园大门的时候，他快活地向他们点头。

"好了，"扫烟囱的着急地说，"我们需要的是一块空草地……"

"不用找了！"他们后面的一个声音说，"五点半公园就关大门。"

从阴影里走出了公园管理员，样子非常不客气。

"可今天是11月5日盖伊·福克斯日啊！"孩子们马上回答。

"规矩就是规矩！"公园管理员回答说，"对我来说天天一样。"

"那么我们能在什么地方放烟火呢？"迈克尔急忙问道。

公园管理员顿时掠过渴望的眼神。

"你们有烟火？"他急忙说，"那干吗不早说！"他从扫烟囱的手里把那小包抢过来，动手解开绳子。"火柴——这就是我们现在需要的！"他兴奋地喘着气说。

"给你。"卖火柴的用平静的口气说。他已经跟着孩子们走进公园，这时候正拿着点亮的蜡烛站在他们后面。

公园管理员打开那包烟火。

"你要知道，它们是我们的！"迈克尔提醒他。

"啊，让我帮你们……放！"公园管理员说，"我在盖伊·福

克斯日从来没玩过……我是说长大以后!"

他也不等人家同意,就在卖火柴的那蜡烛上点烟火。火花嘶嘶响着喷出来,噼噼啪啪。公园管理员拿起一个凯瑟琳车轮式烟火,把它挂在一根树枝上。光轮开始旋转,在空气中散发出火星。接下来,他兴奋得什么也不能让他停下来了。他放了一个又一个,整个人像是疯了。

花钵烟火从结霜的草地上像喷泉一样直冲上去,金雨烟火在黑暗中洒下来,大礼帽烟火燃烧了好一阵,彩球烟火飘上树枝,

火蛇烟火在阴影中扭了一通……孩子们又跳又叫。公园管理员在他们中间跑来跑去，像只发了狂的大狗。可卖火柴的在闹声和闪闪的火光中静静地等着。自从他们用蜡烛点亮烟火以后，蜡烛的光一点儿也没有晃动过。

"好了！"公园管理员叫得声音都哑了，说道，"现在我们来放火箭烟火吧！"

其他的烟火都放完了，那包里这会儿只剩下三根黑色长棍。

"不，不能你一个人放！"当公园管理员去拿烟火时，扫烟囱的说，"大家分着放，才公平！"他拿给公园管理员一根，其余两根留给自己和孩子们。

"让开，让开！"公园管理员煞有介事地说，用蜡烛点着了导火线，把棍子插在地上。

火花嘶嘶响着，像金线一样烧下去。接着——呜！棍子飞起来了。孩子们听到天上远远的很轻的一声"啪"。一圈红的蓝的火星爆发开来，洒落到公园上。

"噢！"孩子们大叫。"噢！"扫烟囱的大叫。因为当火箭烟火的星星爆开来时，任何人都只能叫出这么一声。

接着轮到扫烟囱的放。当他点他那根火箭烟火的导火线时，蜡烛光在他的黑脸上闪耀。接下来又是一声"呜"和一声"啪"，白的绿的星星像把伞一样张开在天空中。看的人又都叫了一声"噢"，高兴得直喘气。

"现在轮到我们了！"简和迈克尔叫道。当他们点导火线时，他们的手指在发抖。他们把棍子按到土里，退到后面看。

金色的火线一路烧下去。呜——呜——那棍子带着乐声往上飞，飞到天上。当简和迈克尔等着它爆炸时，气也屏住了。

最后，他们听到很远的地方很轻的"啪"的一声。

他们想，现在星星要出现了。

可是，天哪，什么也没有发生。

"噢！"每一个人又叫了一声——不过这一回不是由于高兴，而是由于失望，因为第三根火箭烟火没有爆出星星。那里除了黑暗和空荡荡的天空，什么也没有。

"哑炮——就是这么回事！"扫烟囱的说，"有一些烟火就是这样的！好了，大家回家吧。看也没有用。现在没有东西会落下来了！"

"公园关门的时间到了！大家请离开公园！"公园管理员煞有介事地叫着。

可是简和迈克尔不听这个。他们手拉着手，还是站在那里抬头看，因为他们充满希望的眼睛注意到了别人没看见的什么东西。在高空中，有一颗很小很小的火星在黑暗中跳动着，摇摇晃晃。那会是什么呢？那不是火箭烟火的那根棍子，因为它一定早已掉下来了。他们想，那也一定不是颗星星，因为这小火星在动。

"也许这是一种特别的火箭烟火，只有一颗火星。"迈克尔说。

"也许吧。"简盯住那小火星看，静静地回答。

他们站在一起抬起头看着。哪怕只有一颗火星，他们也要

看到它熄灭为止。可是太奇怪了，它没有熄灭。说实在的，它反而越来越大了。

"我们走吧！"扫烟囱的劝他们。

公园管理员又叫："公园关门的时间到了！"

可孩子们还是等着。那火星变得更大也更亮。接着简一下子屏住了呼吸。迈克尔喘了口气。噢，这可能吗……这会是……他们无言地相互询问。

那火星在落下来，变得越来越长，越来越宽。它一路下来的时候渐渐成形，这形状又奇怪又熟悉。从光的发亮核心当中出现了一个古怪的人，这个人头戴黑草帽，身穿银扣子大衣，一只手拿着个像毯制手提包似的东西，一只手拿着——噢，这能是真的吗—— 一把鹦鹉头雨伞。

在他们后面，卖火柴的大叫一声，跑出公园大门。

那个古怪的人这会儿飘到光秃秃的树顶上。那个人的脚碰到了橡树最高的枝头，沿着树枝姿态优雅地往下走，然后在最下面的一根树枝上站了一会儿，好好地平衡住身体。

简和迈克尔开始跑，他们屏住的气吐出来了，他们快活地大叫。

"玛丽阿姨！玛丽阿姨！玛丽阿姨！"他们又笑又哭，向她扑过去。

"你到……到底回……回……回来了！"迈克尔激动得结结巴巴地说，抓住她穿着皮鞋的一只脚。它有暖气，有骨头，有千真万确的脚，还有一股黑鞋油气味。

"我们知道你会回来的。我们相信你!"

简抓住玛丽阿姨的另一只脚,抓住她的长筒袜子。

玛丽阿姨的嘴皱起来,暗暗地微笑。接着她狠狠地看着孩子们。

"谢谢你们,请把我的鞋子放开!"她声音严厉地说,"我可不是廉价出售的东西!"

她甩开他们,从树上迈步下来,双胞胎约翰和巴巴拉像小猫咪那样喵喵叫着在草地上向她奔来。

"真是些小鬣狗!"她生气地看看他们,掰开他们抓住她的手指,"我可以问一声,你们这是干什么吗——夜里在公园里跑来跑去,像群黑人似的!"

他们马上掏出手帕,拼命擦他们的脸。

"都是我不好,波平斯小姐,"扫烟囱的道歉说,"我刚才在扫起居室的烟囱。"

"如果你不小心,有人会把你扫掉的。"她说。

"哎呀哎呀!哎哟哎哟!"公园管理员吃惊得话也说不出来,挡住了他们的去路。

"请让一让!"玛丽阿姨说着,高傲地把他挥开,同时把孩子们推在前面让他们走。

"这是第二次了!"公园管理员好不容易说出话来,气急败坏地说,"第一次是一只风筝,现在是一个……我跟你说,你不能这样!这违反公园的规定,而且这也完全违反自然法则。"

他拼命地伸出他的一只手,玛丽阿姨冷不防在那手上放上

一小张厚纸片。

"这是什么？"他翻动着它问道。

"我的回程票。"她平静地回答了一声。

简和迈克尔相互看着，同时聪明地相互点点头。

"票……什么票？公共汽车有公共汽车票，火车有火车票。可你下来我也不知道坐的是什么！你是从什么地方来的？你怎么来到这里？这是我想要知道的！"

"好奇伤身体！"玛丽阿姨严肃地说。她把公园管理员推到一边，让他去傻乎乎地看着那张绿色票子，好像那是鬼似的。

孩子们在她身边活蹦乱跳，来到公园大门。

"请安安静静地走路，"她生气地对他们说，"你们不是一群海豚！我想知道，你们哪一个曾经在玩点着的蜡烛？"

跪着的卖火柴的爬起来。

"是我点着的，玛丽，"他赶紧说，"我要给你写……"他挥动双手。人行道上的一句话还没写完：

热烈欢[1]

玛丽阿姨对这几个不同颜色的字微笑。"这是很可爱的见面话，伯特。"她温柔地说。

卖火柴的抓住她戴黑手套的手，很急地看着她。"我星期四去看你好吗，玛丽？"他问道。

[1] 这句完整的话是：热烈欢迎。

她点点头。"好的，星期四，伯特。"她说。接着她朝孩子们令他们畏缩地看了看。"请不要磨蹭！"她吩咐一声，赶着他们在胡同里朝 17 号房子走。

在儿童室里，安娜贝儿尖声大叫着。班克斯太太正穿过门厅往上跑，大声说着安慰她的话。当孩子们打开前门的时候，她一眼看到玛丽阿姨，一下子跌坐在楼梯上。

"这可能是你吗，玛丽·波平斯？"她气急败坏地说了一声。

"可能是的，太太。"玛丽阿姨平静地说。

"不过……你是从什么地方蹦出来的？"班克斯太太叫道。

"她蹦出来是从……从……从……"迈克尔正打算说明，马上感觉到玛丽阿姨两眼盯住他看。他很明白这么看他是什么意思。他一下子吞吞吐吐，闭口了。

"我从公园里来，太太。"玛丽阿姨用一个殉道者那种忍耐的神气说。

"谢谢老天！"班克斯太太从心底里松了口气，接着她回

想起自从玛丽阿姨走后所发生的一切。不过她想："我怎么也不能显得太高兴，要不然她更要不可一世了！"

"你话也不说一声就离开了我，玛丽·波平斯，"她用庄严的态度说，"我想你来也好去也好，可以跟我说一声。我被搞得一团糟，我永远不知道我这个身子是在哪里。"

"谁也不知道，太太。"玛丽阿姨平静地解开手套扣子，说。

"你也不知道吗？"班克斯太太用充满渴望的口气问道。

"噢，她知道。"迈克尔大胆地回答。玛丽阿姨生气地瞪了他一眼。

"好，你现在到底来了！"班克斯太太叫道。她感到大大地松了口气，因为她现在不用去登启事，也不用把安德鲁太太请来了。

"是的，太太，对不起。"玛丽阿姨说。

她利索地走过班克斯太太身边，把她的毯制手提包放在楼梯栏杆上。它呜呜响着轻快地滑上栏杆，跳到儿童室里。接着她把雨伞轻轻地一抛。它张开它的黑绸翅膀，像只鸟那样跟着手提包飞上去，发出鹦鹉那种呱呱声。

孩子们吃惊地喘着大气，回过头去，看他们的妈妈是不是也看到了。

可是班克斯太太已经什么也顾不上，只想着去打电话。

"起居室的烟囱扫干净了。我们晚上吃小羊排和豌豆。玛丽·波平斯已经回来了！"她上气不接下气地叫着。

"我不相信！"班克斯先生的破嗓子回答，"我要亲自回

来看看！"

班克斯太太高兴地微笑着，把电话听筒挂上。

玛丽阿姨一本正经地上楼，孩子们抢在她前面冲进儿童室。在里面壁炉前的地板上躺着那个手提包。那把鹦鹉头雨伞站在它通常站的角落里。它们有一种称心满意、安于其所的神气，好像它们待在那里已经好多年了。在摇篮里，安娜贝儿满脸发青，小床搞得一塌糊涂。她看到玛丽阿姨时很吃惊，没牙的嘴露出了微笑。接着她恢复了她那种活泼天真的天使样子，开始玩她的脚趾。

"哼！"玛丽阿姨严厉地哼了一声，把她的草帽放进纸袋。她脱下大衣，挂在门背后的钩子上。然后她照照儿童室的镜子，弯腰打开手提包。

手提包里除了一把卷尺，什么东西也没有了。

"那是做什么用的，玛丽阿姨？"简问道。

"是量你们的身高的，"玛丽阿姨马上回答，"看看你们长得怎么样。"

"你用不着操心了，"迈克尔告诉她，"我们都长高了两英寸。爸爸给我们量过了。"

"请站直吧！"玛丽阿姨不听他的，平静地说。她把他从头到脚量了一下，很响地哼了一声。

"我该早知道！"她哼哼着说，"你越长越糟了。"

迈克尔看着她。"卷尺只讲尺寸不讲话。"他顶嘴说。

"那是什么时候以后的事？"她高傲地问道，把卷尺塞到他面前。卷尺上蓝色大字写得清清楚楚：

越——长——越——糟

"噢！"他恐怖地轻轻叫了一声。

"请把头抬起来！"玛丽阿姨用卷尺去量简。

"简长成一个任性、懒惰、自私的孩子。"她得意地读出来。

泪水涌到简的眼睛里。"噢，我不是这样的，玛丽阿姨！"她叫道。真滑稽，她只记得她好的时候。

玛丽阿姨用卷尺绕过双胞胎，量下来是："爱吵架。"给安娜贝儿量下来的结果是："烦躁不安，被宠坏了。"

"我就是这么想的！"玛丽阿姨哼着鼻子说，"我只好掉头不管你们，让你们变成一群野生动物！"

她把卷尺绕过自己的腰，一下子满脸泛起满意的笑容。

"比从前更好。真是完美无缺。"她读出自己量下来的结果。

"跟我预料的一模一样。"她非常得意。然后她又狠狠地看看大家，加上一句："现在立刻进浴室！"

大家急忙服从她的命令。现在玛丽阿姨回来了，一切事情顺顺当当。他们脱掉衣服，一下子就洗得干干净净。吃晚饭没有人磨磨蹭蹭，没有人留下一点儿面包屑、洒掉一滴汤。他们吃完晚饭把椅子推到桌子下面，折好餐巾，爬到床上去。

玛丽阿姨在儿童室里走过来走过去，给大家一个个塞好毯

子。他们闻到她身上熟悉的气味,是吐司加上浆过的围裙的气味。他们感觉到熟悉的她原来的身体,在她的衣服里面结结实实,一点儿错不了。他们崇拜地默默看着她,完全被她迷住了。

迈克尔在她走过了他的床边时,从床边往床底下偷看了一下。那里除了灰尘和拖鞋,什么也没有。接着他看看简的床底下,同样什么也没有。

"可你睡到哪儿去呢,玛丽阿姨?"他好奇地问道。

他正在说话的时候,她碰碰衣橱门。衣橱门很响地打开,从里面飘出来原来那张帆布床。它已经摆好,马上可以躺上去了。在它上面整齐地堆着的都是玛丽阿姨的东西。这里面有阳光牌香皂、头发夹子、香水、折叠扶手椅、牙刷、润喉糖。枕头上整齐地放着睡袍,一件棉布的,一件法兰绒的。在它们旁边是靴子、多米诺骨牌、浴帽和明信片簿。

孩子们坐起来,坐成一排在看。

"它是怎么到那里面的?"迈克尔问道,"今天还一点儿没有它的影子,这我知道,因为我在里面躲避过埃伦!"

不过他不敢再问下去,因为玛丽阿姨看上去那么高傲,他话到了嘴边说不出来了。玛丽阿姨哼了一声,转过身去,打开一件法兰绒睡袍。

简和迈克尔对看了一下。他们的眼睛说出所有他们的舌头说不出的话,他们默默地相互说:想要她解释是没有希望的。

他们看着她滑稽的稻草人动作:脱下睡袍里的衣服。啪,啪——扣子解开了。欻欻欻欻——她的裙子脱掉了!一种太平

的感觉潜进了孩子们的心里。他们知道这种感觉源自玛丽阿姨。他们做梦似的看着那扭动着的睡袍，想到以前的所有事。她怎样被东风第一次吹到这个家里来，后来当东风转变为西风时，她的雨伞又怎样把她给带走了。他们又想起，有一天他们放风筝，她又怎样回到他们这里来，后来她又怎样飞走了，把他们孤零零地丢下来。

好了，现在——他们快活地叹口气——她又回来了，来得就像以前一样突然。她如今在这里，在儿童室里安顿下来，安静得就像从来没有离开过似的。迈克尔想到的事在他心中像汽水泡泡一样冒出来。这些还没来得及停，另一些又冒出来了。

"噢，玛丽阿姨，"他很急地叫道，"你不在这里真是可怕极了！"

玛丽阿姨的嘴唇哆嗦了一下。她好像要笑，可又改变了主意，没有笑出来。

"更像是你们太可怕了！这房子就像个斗熊场。我疑心里面是不是住着人！"

"可你……会住下来的，对吗？"他甜言蜜语地说。

"只要你住下来，我们会像金子一样好！"简庄严地保证。

她把他们一个一个看过去，一直看到他们的心底里，全明白了。

"我会住下来……"她停了一下说，"我会住下来，直到房门打开。"她说的时候沉思着看那儿童室的房门。

简轻轻发出一声担心的惊叫。"噢，不要这么说，玛丽阿姨！"

她哀叫道，"那房门一直开来开去。"

玛丽阿姨瞪瞪眼。

"我说的是另一扇房门。"她扣上了她的睡袍扣子说。

"她这话是什么意思？"简悄悄地问迈克尔。

"我知道她的意思，"他聪明地回答说，"没有什么另一扇房门。没有门是不开的。因此她将长住下去。"想到这里，他快活地抱住自己的身体。

简却不那么有把握。她心里说："我怀疑。"

可是迈克尔继续快活地叽里咕噜。

"我很高兴跟扫烟囱的拉了手，"他说，"这带给我了不起的好运气。也许他下次来儿童室扫烟囱会和你拉手呢，玛丽阿姨！"

"呸！"她头一扬，回答了一声，"我不需要任何运气，谢谢你！"

"对，"他思索着说，"我想你是不需要。任何一个能从火箭烟火里出来的人——像你今天晚上这样——一定天生运气好。我是说……呃……噢，别那么看着我！"

他轻轻哀求了一声，因为玛丽阿姨看他的那种样子让他发抖。她穿着那件法兰绒睡袍站在那里，好像要看得他在他那张舒服的床上冻僵。

"我不知道你的话我是不是没听错！"她用冷冰冰的声音问道，"你提到我……和一根火箭烟火联系在一起，是这样吗？"她说出"火箭烟火"这几个字，那腔调，让它们听来十分吓人。

迈克尔害怕地朝四周看。看来其他孩子帮不了他的忙。他只好自己对付。

"可你是这样来的啊，玛丽阿姨！"他勇敢地反驳说，"那火箭烟火呜地放上去，啪，你在那里面出来，从天而降！"

她朝他走过来，她似乎变得更大了。

"啪？"她恼火地重复一声，"我啪一声——从一根火箭烟火里面出来？"

他无力地沉到枕头上，说："这个……看上去是这样的……对吗，简？"

"嘘！"简摇摇头轻轻说。她知道争也没用。

"我只好这么说，玛丽阿姨！是我们看见了你！"迈克尔急叫，"如果不是你从那火箭烟火出来，那又是什么出来了呢？一颗星星也没有！"

"啪！"玛丽阿姨再说一遍，"啪一声从一根火箭烟火里出来！你常常污辱我，迈克尔·班克斯少爷，可这是最厉害的一次！我要是再听见什么啪啪啪……或者火箭烟火……"她没有告诉他她会怎么样，可他知道那一准很可怕。

"呼——呼！呼——呼！"

从窗台那儿传来一个很小的声音。一只老椋鸟往儿童室里窥看，拼命地拍动它的翅膀。

玛丽阿姨跑到窗口。

"走开，你这小雀儿！"她很凶地说。椋鸟立刻飞走。她关了灯，扑到床上。他们听见她把毯子盖上时生气地念叨着：

"啪！"

接下来寂静像轻柔舒服的云一样笼罩在大家面前。大家都快要睡着了，简的床上发出再轻不过的喃喃声。

"迈克尔！"她小心地悄悄说。

迈克尔小心地坐起来，朝她指着的方向看。

壁炉边的角落发出一点儿光。他们看到，那鹦鹉伞上满是五彩的星星——就是一根火箭烟火在天空中爆炸时所看到的那种星星。当鹦鹉头低下来时，他们惊奇得眼睛都瞪大了。接着，它的嘴把绸伞上的星星一颗一颗叼起来，吐到地板上。它们闪亮了一会儿，金色的银色的，随后暗下来，熄灭了。然后鹦鹉头在伞柄上抬起，于是玛丽阿姨的黑伞在墙角里站着一动不动了。

两个孩子对看了一下，发出微笑。可是他们什么也不说。他们只能奇怪，一声不响。他们知道字典上的字不够陈述玛丽阿姨的那些事情。

"嘀嗒！"壁炉台上的时钟说，"睡吧，孩子！嘀嗒，嘀嗒！"

接着他们在这快活的日子里闭上眼睛，时钟和他们平静的呼吸合着拍子。

班克斯先生在他的书房里坐着打呼噜，一张报纸盖在他的脸上。

班克斯太太在他的旧大衣上缝上新的黑纽扣。

"你还在想着，如果不结婚，你会做什么吗？"她问道。

"啊，你说什么？"班克斯先生醒过来说，"哦，不，那太烦了。现在玛丽·波平斯已经回来。我什么都用不着再去想。"

"很好，"班克斯太太缝得很利索地说，"我要试试看教会罗伯逊·艾。"

"教会他什么？"班克斯先生睡意蒙眬地问道。

"当然是不要给你一只黑皮鞋一只黄皮鞋。"

"这事你不用做，"班克斯先生坚持说，"双色皮鞋在办公室里大家更赞赏。以后我就一直这样穿。"

"真的？"班克斯太太高兴地微笑着说。总的说来，她觉得很高兴与班克斯先生结了婚。现在玛丽·波平斯回来了，她可以更经常地告诉他这句话……

楼下厨房里坐着布里尔太太。警察刚把埃伦送回家，正留下来喝杯茶。

"那玛丽·波平斯，"他抿着茶说，"她今天来明天走，就像那些鬼火！"

"噢，不要这么说！"埃伦吸着鼻子说，"我想她是来住下的。"

警察把他的手帕给她。

"也许是吧！"他高兴地对她说，"永远也说不准，这你知道。"

"可我实在希望她住下不走，"布里尔太太叹了口气，"只要她在，这一家就是模范家庭。"

"我也希望她住下不走。我需要休息。"罗伯逊·艾对扫帚说。他钻到班克斯太太的大披巾里，又睡他的觉了。

可是玛丽阿姨希望什么，他们一点儿也不知道，因为玛丽阿姨，正像大家知道的，从来不告诉任何人任何事情。

第二章
特威格利先生的七个希望

"噢，走吧，玛丽阿姨！"迈克尔心急地说，在人行道上蹦蹦跳跳。

玛丽阿姨不听他的。她正站在胡同里辛普森医生家门口的铜牌前面顾影自怜。

"你看上去够整洁了！"简向她保证说。

"整洁！"玛丽阿姨哼了一声。"哪有蓝色蝴蝶结的黑色新帽子整洁？什么整洁！说漂亮还差不多。"她想。她抬起了头快步走，他们得跑着才能跟上她。

她们三个在这阳光明媚的5月的一个下午去找特威格利先生。因为起居室的钢琴走调，班克斯太太请玛丽阿姨去找一位钢琴调音师。

"找我表哥特威格利先生好了，太太。他家离这里只有三个街区。"玛丽阿姨说。当班克斯太太说她从来没听说过这个人时，玛丽阿姨照旧哼了一声，告诉班克斯太太，她的亲戚全是最好的人。

简和迈克尔已经见过玛丽阿姨的两个亲戚，这会儿在猜想：这位特威格利先生会是什么样子呢？

"我想他又高又瘦，像特维先生。"迈克尔说。

"我想他又圆又胖，像威格先生。"简说。

"我从来不知道有这么胖瘦的一对！"玛丽阿姨说，"你们的脑子坏了。在这里拐弯，谢谢你们！"

他们急急忙忙向前走，拐了个弯就来到一条狭窄街道，一路上都是旧式小房子。

"哎呀，这是什么街啊？我以前从来没见过！这地方我来过好多次了！"简叫道。

"这可不怪我！"玛丽阿姨厉声说，"你总不会以为是我把它放在这里的吧！"

"是你干的我也不奇怪！"迈克尔看着那些奇怪的小房子说。接着他带着一脸拍马屁的笑容加上一句："你知道，你是那么聪明！"

"哼！"她尖刻地哼道，虽然她的嘴角露出得意的样子，"聪明是聪明。至少比你聪明一些！"她又哼了一声，领他们一路走去，在一座房子前面按门铃。

"乓！"门铃很响地响了一声。与此同时，楼上的窗子打开。一个大脑瓜子，头顶有个髻的，像一个打开盒盖会跳出来的玩偶那样伸出来。

"喂，又是怎么回事？"一个粗哑的声音叫道。接着这个女人朝下看到了玛丽阿姨。"哦，是你啊！"她生气地说，"好了，你就转过身回你来的地方去吧。他不在家！"窗子关上，那个脑瓜子不见了。

孩子们大失所望。

"也许我们可以明天再来。"简不安地说。

"不是今天——就是永不。这是我的格言！"玛丽阿姨厉声说。她又按门铃。

这一回猛地打开的是前门。那个脑瓜子的主人怒火冲天地站在他们面前。她脚上穿着黑色大皮靴，腰上系着蓝白条子围裙，肩上围着一条黑披巾。简和迈克尔认为她是他们见过的最丑的人。他们为特威格利先生感到非常难过。

"怎么……又是你！"那大块头女人大吼一声，"我告诉过你了，他不在家。他不在家，他不在家，要不然我的名字不叫萨拉·大块头！"

"这么说，你不是特威格利太太[1]！"迈克尔松了口气叫道。

"还不是。"她带着不祥的微笑说，"怎么！你们全进去了！"她加上一句，因为玛丽阿姨用一条蛇的速度溜进了门，把孩子们拉着上楼梯。"你们听见我的话没有？我要控告你们像吸血鬼一样闯入一个高贵妇女的住宅！"她叫着。

"高贵妇女！"玛丽阿姨哼着鼻子说，"如果你是高贵妇女，那我是一头单峰骆驼！"她敲了她右边的一扇门三下。

"谁啊？"里面传来一声担心的喊叫。简和迈克尔兴奋得发抖。也许特威格利先生在家。

"是我，弗雷德表哥。请开门吧！"

静了一会儿。接着是门锁上转钥匙的声音。门开了，玛丽阿姨拉着孩子们进去，把门关上，再锁起来。

"让我进去……你这海盗！"大块头太太生气地扭响门把手，咆哮着。

玛丽阿姨静静地笑。孩

[1] 如果她是特威格利的太太，就叫萨拉·特威格利。

子们看他们的四周。他们是在一个大顶楼上，地上满是木条、一罐罐的油漆和一瓶瓶的胶水。房间里摆满了乐器。一个角落站着一架竖琴，一个角落是一堆鼓。橡木上挂着长号和小提琴，架子上堆着笛子和铜哨子。窗口一张满是灰尘的桌子上摆满木匠工具。工作台边上有一个擦亮的小盒子，它旁边扔着一把小螺丝刀。

地板当中有五个半完工的音乐盒。它们新漆好，亮光光的，它们周围有些木板，上面用粉笔写着大字：

油漆未干

整个顶楼透着一股很好闻的刨花、油漆和胶水的气味。可是只少了一样东西，那就是特威格利先生。

"你们放我进去，还是我去叫警察？"大块头太太又在敲门大叫。玛丽阿姨睬也不睬她。他们很快就听到她咚咚咚下楼，一面走一面生气地叽里咕噜。

"她走了吗？"一个很细的声音不安地叽叽说。

"她下楼了，我已经把房门锁上！好，请问，你把你自己怎么样了，弗雷德？"玛丽阿姨不耐烦地哼了一声。

"我提出希望了，玛丽！"那声音又叽叽响。

简和迈克尔朝都是灰尘的顶楼四下里看。特威格利先生会在什么地方呢？

"噢，弗雷德！别告诉我你希望……好吧，不管你在哪里，请再提出个希望吧！我不能浪费一整天。"

"好的！我来了！不用激动！"

那些小提琴奏出音乐。接着，从空气里——孩子们觉得是这样——出现了两条穿灯笼裤的短腿。紧接着是一个穿旧礼服大衣的身体。最后出现了一把长长的白胡子、一张鼻子上架着眼镜的皱脸、一个戴吸烟帽的秃头。

"真是的，弗雷德表哥！"玛丽阿姨生气地说，"你到了这把年纪该更懂事了！"

"胡说，玛丽！"特威格利先生笑着说，"没有人能到了年纪更懂事的！我断定你赞成我的话，年轻人！"他用闪光的眼睛朝迈克尔看，迈克尔忍不住也对他眨眨眼。

"可你刚才躲在什么地方呢？"他问道，"你不可能从空气中出来的。"

"噢，是的，我能！"特威格利先生说，"只要我提出希望。"他满房间蹦蹦跳跳，加上一句。

"你是说，你刚才提出希望——你就不见了？"

特威格利先生朝房门看看，点点头。

"我只好……摆脱掉她！"

"为什么？她能把你怎么样呢？"简问道。

"为什么？因为她要嫁给我！她要得到我的希望。"

"你希望什么就能得到什么吗？"迈克尔羡慕地问道。

"噢，什么都能得到。这就是说，如果我提出希望是在5月3日以后的第二个下雨的星期日以后的出第一个新月的时候，

她……"特威格利先生朝房门挥挥手，"她要我希望有一座金殿，每天晚餐有孔雀肉馅饼。我要座金殿来干什么？我希望要的只是……"

"小心，弗雷德！"玛丽阿姨警告说。

特威格利先生马上捂住他的嘴："啧啧！我当真必须牢牢记住！我已经提出两个希望了！"

"你可以提出几个希望呢？"简问道。

"七个，"特威格利先生叹气说，"我的教母认为这个数目正好。我知道这位老太太是出于好意。不过我情愿有一个大银杯。那更有用，也更少麻烦。"

"我可情愿有希望。"迈克尔断然地说。

"噢，不，你不要这样想！"特威格利先生叫道，"它们很狡猾，很难掌握。你会想出最好的东西要请求……可是吃饭时间到了，你觉得肚子饿，就会提出希望要香肠和土豆泥！"

"你已经提出的两个希望是什么呢？它们对你有好处吗？"迈克尔问道。

"这个嘛，我现在想起来，不太坏。我正在那儿做我的小鸟……"特威格利先生朝他的工作台点点头，"我一下子听见她上楼梯。'噢，天哪！'我想，'我希望我能隐身不见！'于是我朝四周一看，我没有了！它让我不见了好长时间。她一定对你们说我出去了！"

特威格利先生对孩子们微笑，摇晃他的大衣燕尾，快活得格格响。他们还没见过这样一个闪亮的人。他们觉得他更像颗

星星而不是一个人。

"接下来，当然，"特威格利先生温和地说下去，"我得希望自己重新现身，好跟玛丽·波平斯见面！好，玛丽，我能为你做什么事啊？"

"班克斯太太想请你给她的钢琴调音，弗雷德。樱桃树胡同17号，就在公园对面。"玛丽阿姨一本正经地说。

"啊，班克斯太太！那么这两位一定是……"特威格利先生对两个孩子挥挥手。

"他们是简和迈克尔。"玛丽阿姨解释说，用厌恶的眼光看看他们。

"很高兴见到你们。我说这是很大的荣幸！"特威格利先生鞠了一躬，伸出双手，"我希望我能请你们吃点东西，可我家里今天乱七八糟的。"

快活的笛声传遍整个顶楼。

"怎么回事？"特威格利先生跄跄跷跷地后退。在他每一只伸出的翻上来的手上有一碟奶油桃子。

特威格利先生看着它们。接着他闻闻桃子。

"我的第三个希望已经实现了！"他后悔地说着，把两碟奶油桃子递给两个孩子，"好，没有办法。不过我还有四个希望。现在我真得小心了！"

"如果你一定要把你的希望浪费掉，弗雷德表哥，我希望你把它们浪费在牛油面包上面。你会影响他们吃晚饭！"玛丽阿姨厉声说。

简和迈克尔赶紧用羹匙吃他们的桃子。他们不想给特威格利先生机会，让他提出希望把它们变没了。

"现在，"等到他们把最后一口桃子吃掉，玛丽阿姨说，"对特威格利先生说声谢谢，我们回家吧。"

"噢，不，玛丽！你们才到！"特威格利先生吃惊地站在那里呆住了。

"噢，再待一小会儿吧，玛丽阿姨！"简和迈克尔也求她。想到把特威格利先生孤零零一个人连同他那些希望留下来，他们受不了。

特威格利先生握住玛丽阿姨的手。

"玛丽，你在这里我觉得那么安全！我们已经好久没见啦！为什么不待一会儿呢——我希望你能待一会儿！"

"啁，啁，啁，啁！"

空气中响起一连串鸟叫声。与此同时，玛丽阿姨脸上拿定主意要走的样子变成了彬彬有礼的微笑。她脱掉她的帽子，放在工作台上一罐胶水的旁边。

"噢，天哪！"特威格利先生恐怖地喘了口气，"我的老毛病又犯了！"

"那是第四个了！"简和迈克尔看着他吃惊的样子，高兴地大叫。

"第四个，第四个，第四个，第四个！"鸟叫声回响着。

"哎呀！多么粗心！我真为自己害臊！"特威格利先生有好一阵看上去几乎是难过。接着他的脸开始闪亮，他的脚开始

轻快地移动。"对失去的希望哭也没用。对剩下的必须小心提出。我来了，我的小鸭子！我来了，我的小鸡！"他朝鸟叫的方向叫。

他朝满是灰尘的桌子走去，拿起一个擦亮的盒子。他的手指按了一个按钮。盒盖打开，孩子们有生以来看到的最小的一只小鸟从一个金窝里跳起来。从它的嘴里吐出清脆的叫声。它的小嗓子颤动着发出一连串的音乐声。

"啁，啁，啁，啁——啁！"它唱道。等到热烈的歌唱完，那小小鸟回到它的金窝里去了。

"噢，特威格利先生，那是一只什么鸟啊？"简用闪亮的眼睛看着那盒子。

"一只夜莺，"特威格利先生告诉她，"你们进来的时候我正在装配它。你知道，今天晚上它得完工。这样的可爱天气对夜莺太好了。"

"你为什么不提出个希望呢？"迈克尔劝他，"那你就什么活儿也不必干了。"

"什么？提出希望要只鸟？当然不可以！我要是一提出希望要只鸟，你知道结果会怎样吗？它可能成了一只秃顶老鹰！"

"你要留着它一直唱歌给你听吗？"简羡慕地问道。她希望能有只这样的小鸟。

"留着它？噢，亲爱的，不！我要把它放走。这地方不能放满做好的东西。我有更多的东西要做，不能净顾着一只小鸟。我要把动物放到这些……"他朝那些未完成的盒子点点头，"我还有一个加急订货必须完成—— 一个演奏《公园里的一天》的

音乐盒。"

"《公园里的一天》？"孩子们看着他问道。

"是个大合奏，你们知道！"特威格利先生解释说，"有泉水的淙淙声，有太太小姐的说话声，有乌鸦的呱呱叫声，有孩子们的哈哈笑声，还有树木长大的缓慢、轻柔的嗡嗡声。"

想到将收进那音乐盒的所有这些可爱东西，特威格利先生的眼睛在他的眼镜后面闪光。

"可是树木长大听不见，"迈克尔反驳他说，"那没有音乐。"

"啧啧！"特威格利先生不耐烦地说，"当然有！什么都有音乐。你没有听到地球旋转吗？它发出陀螺旋转的那种嗡嗡声。白金汉宫响起《统治英国》的音乐声，泰晤士河是支催眠的笛子。哎呀，是这样的！世界上的一切东西——树木、岩石、星星、人类——全都有自己真正的音乐。"

特威格利先生说着，走过去，给一个盒子上了发条，盒子顶上的小圆旋转台马上转动起来。从盒子里面发出清脆的小笛子的嘟嘟声。

"那是我的曲子！"特威格利先生侧着他的头倾听，得意地说。他又给另一个音乐盒上发条，空气中马上充满另一种乐曲。

"这是《伦敦桥在倒塌》！它是我心爱的曲子！"迈克尔叫道。

"我怎么对你们说的？"特威格利先生微笑着，又去转另一个把手。盒子里响起欢快的乐曲。

"那是我的曲子！"简高兴得嘎嘎叫，"是《橘子和柠檬》。"

"当然是这曲子！"特威格利先生笑容满面。

他快活地抓住两个孩子的手，拉他们在顶楼上跳舞。三个小旋转台在转，三支曲子混合在一起。

伦敦桥在倒塌，
跳过去吧，我的利夫人！

迈克尔唱道。

橘子和柠檬，
这是圣克莱门斯教堂的钟声。

简唱道。

特威格利先生吹着口哨，像只快活的黑鸟。

孩子们听着他们喜爱的曲子跳舞，脚轻快得像翅膀。他们心中在说，他们从来没有感觉这样轻松快活过。

砰！下面前门关上，震动了整座房子。特威格利先生停下来，竖起一个脚趾在听。咚咚咚！响起上楼梯的脚步声。一个很响的声音响彻整个楼梯口。

特威格利先生吓得倒抽一口气，把上衣燕尾拉起来堵住两只耳朵。

"她来了！"他尖叫道，"噢，天哪！噢，妈呀！我希望我在一个安全的好地方！"

长号响起嘟嘟声。一件怪事一下子发生了。

特威格利先生像是被一只看不见的手从顶楼地板上抓起来。他像一粒蓟种子被风吹起，飞过孩子们的头顶。接着他又喘气又摇晃，落到他的一个音乐盒上。他似乎没有缩小，音乐盒似乎也没有变大，然而他们合在一起正好。

特威格利先生转啊转，他满脸是得意的笑容。

"我安全了！"他向孩子们挥着手叫道，"她现在捉不到我了！"

他们正要欢呼"万岁"，可话像打嗝那样堵在喉咙里，因为什么东西抓住了他们的头发，把他们双双拉过顶楼。当他们落到他们各自的音乐盒上时，手脚张开趴在上面。他们抖动了一会儿，不过很快就平稳地旋转起来了。

"噢！"简喘着气说，"多么可爱的惊喜啊！"

"我觉得自己像个陀螺！"迈克尔叫道。

特威格利先生吃了一惊，惊奇地看着他们。

"是我做的吗？天哪！我提出希望变得挺聪明了。"

"聪明！"玛丽阿姨哼了一声，"我说是——荒唐可笑！"

"不过至少是安全了，"特威格利先生说，"而且十分好玩。你为什么不试试呢？"

"提出希望吧！"迈克尔挥着手劝他说。

"啊！她用不着我提出希望，"特威格利先生用一种奇怪的目光看着玛丽阿姨说。

"好吧，如果你们一定要……"她哼了一声说。她把两只

脚紧紧地并拢，从地板上飘起来，飞过橡木。接着她笑也不笑，甚至没动一动，已经降落在一个音乐盒上。一转眼间，也没有人转发条，曲子就快活地响起来了。

那曲子唱道：

> 鞋匠的工作台转啊转，
>
> 猴子追鼬鼠。
>
> 猴子说是闹着玩——
>
> 鼬鼠忙逃窜！ [1]

玛丽阿姨转啊转，转得那么平稳，好像她从生下来的第一天起就这么转啊转似的。

可是四支曲子虽然这么响，却有另一个声音比它们还要响，可以听得见。咚咚咚！沉重的脚步声越来越近。

接下来有人砰砰砰地打门。

"开门，我用法律的名义说！"一个有点熟悉的声音大叫。

一只有力的手在转那不牢靠的门锁。接着，哗啦一声，房门打开了。在门口站着大块头太太和一个警察。他们看着。他们的眼睛凸了出来。他们的嘴吃惊得大张着。

"噢，这景象真是可耻至极！"大块头太太叫道，"我从来没有想到，会看到这屋子变成了一个游乐场！"她对玛丽阿姨挥动拳头，说："你会得奖的，我的小妹妹。警察来了，他

[1] 鼬鼠逃窜舞是英国 19 世纪的乡村舞蹈，舞蹈者轮流从手拉手的一对舞伴臂下穿过，大家一面跳舞一面唱这《鼬鼠逃窜歌》。

会跟你算账！至于你，特威格利先生，你快从那胡闹的旋转台上下来，梳好你的头发，戴上你的帽子。你要去结婚了！"

特威格利先生一惊。可是他喜气洋洋地转动他的衣服燕尾。

> 大块头太太，谢谢你，
>
> 不要嚷嚷，不要踩脚，
>
> 那会让我蹦蹦跳！

他一面转一面唱。警察拿出笔记本和铅笔。

"来吧！你们全都不要转了。转得我头都晕了。我要求你们做出解释！"

特威格利先生高兴得咯咯笑。

"你来错地方了，亲爱的警察先生！我还没有想出个解释。而且像我经常对我的孩子，玛土撒拉[1]说的，我不相信他们！"

"好了好了，开玩笑只会让事情变得更糟。你不能对我说你是玛土撒拉的老子！"警察发出一个会意的微笑。

"不是老子，是老老子，是爷爷！"特威格利先生姿态优美地旋转着回答。

"好了，够了。你就下来吧！"这样旋转对健康没好处。在私人住宅里不允许这样做。喂！谁在拉我？把我放开！"警察吓得尖叫一声，双脚离地飞上半空。当他像块石头那样落到一个音乐盒上时，音乐盒发出刺耳的吵闹曲子。它嚷嚷道：

---

[1] 玛土撒拉是《圣经》故事中的人物，享年969岁。

雏菊雏菊，请给我个回答，
为了得到你的爱，我已经成了个傻瓜！

"救命！救命！是我，32号警察呼叫！"警察拼命拿出他的警哨，嘟嘟地狂吹。

"警察！"大块头太太大叫，"你要执行你的任务，否则我也要告你。快下来逮捕这个女人！"她用一个大拇指指着玛丽阿姨。"我要把你关到牢里去，我的小丫头。我会捉到你的……哎呀呀！不要让我旋转！"她又生气又吃惊，眼睛张得老大，因为一件怪事发生了。

慢慢地，这位大块头太太开始在原地旋转。她不在音乐盒上，不在旋转台上，她就在地板上转啊转。当她那大块头身体在地板上旋转时，地板发出很响的叽叽嘎嘎的抗议声。

"很好，这声音跟你相配！"特威格利先生叫道。

试试看跳起来，
亲爱的大块头太太！

他欢叫着关照她。

大块头太太尝试举起她黑色的大皮靴，心中吓得发抖。她拼命要提脚，却提不起来。她扭动她的大块头身体，可是她的两只脚被牢牢粘在地板上。

"聪明的小妹妹，玛丽！这我倒从来没有想到过！"特威格利先生对玛丽阿姨微笑，又自豪，又佩服。

"都是你做的好事——你这任性、邪恶、心肠冷酷的害人精！"大块头太太生气地大叫，想要抓住玛丽阿姨，"不过我还是会捉到你的……否则我的名字就不叫萨拉·大块头！"

"也永远不会姓特威格利！"特威格利先生快活地叫道。

"我要回家！我要回警察局！"警察拼命地旋转，哀声大叫。

"我肯定没有人在留你！"玛丽阿姨哼着鼻子说。她这话一说，警察那个音乐盒一下子停住，他被甩了出去，气喘吁吁的。

"伦敦警察厅！"他跌跌撞撞地走到房门口，叫着，"我一定要见厅长！我一定要报告。"他用他的警笛狂吹了一通，飞奔下楼，逃出了房子。

"回来，你这恶棍！"大块头太太尖叫，"他溜走了！"前门砰的一声关上。她说："噢，现在我怎么办？救命啊！杀人了！房子着火了！"

她想挣脱身子，脸都涨红了。可是没有用。她的脚牢牢粘在地板上，她伸出双臂生气地大叫。

"特威格利先生！"她哀求说，"请救救我，先生！我一直给你做可口的饭菜。我一直让你干干净净。我保证你不用娶我，只要你提出希望把我放掉！"

"小心，弗雷德！"玛丽阿姨一面用高雅的姿态旋转着，一面警告说。

"一个及时的希望可以挽救九个人，现在让我想一想！"

特威格利先生咕噜着。

他用手指捂住眼睛。简和迈克尔看得出他在努力希望什么真正有用的东西。他沉思着旋转了好长一会儿。接着他抬起头来，微笑着拍他的手。

"大块头太太，"他高兴地大声说，"你将得到自由！我可以为你希望一座金殿和每天晚饭吃孔雀肉馅儿饼。不过……"他朝玛丽阿姨眨眨眼睛，"是我的那种宫殿，大块头太太！是我的那种馅儿饼！"

顶楼上响起一连串咚咚的鼓声。

大块头太太看着玛丽阿姨，露出胜利的微笑。

"啊哈！"她自鸣得意地说，"我怎么跟你说来着？"

可也就在她说话的这会儿，她脸上骄傲的微笑消失了。她的脸变成了一种最恐怖的样子。

因为大块头太太不再是一个大块头的胖女人。她的大块头身体迅速缩小。她的两只脚在叽嘎响的地板上旋转时，每转一圈她就小上一点儿。

"这是怎么回事？"她喘着气说，"噢，怎么会这样？"她的双臂和双腿变得又短又皮包骨头，她的个子也只有原来的一半高。

"警察！着火了！谋杀！SOS！"她个子越缩越小，声音也越变越轻。

"噢，特威格利！你干什么了？警察！警察！"那细小的声音叽叽叫。

她说话的时候，地板生气地一抖，把她旋转着抛上半空。她狂叫一声落下来，跌跌撞撞跑过房间。她一路跑一路变得更小，她的动作越来越急。她刚才还跟小猫咪一样大，转眼已经比一只老鼠还小。她跌跌撞撞地跑，最后跑到顶楼尽头，冲进一座忽然出现的小金殿。

"噢，为什么我对他说要金殿？他干出什么来了？"不再是大块头的大块头太太用尖细的声音叫道。

孩子们从一扇金窗子看进去，看见她跌坐在一把椅子上，面对一个铁皮小馅儿饼。她开始用很急的动作切它，这时宫殿的门砰的一声关上。

现在几个音乐盒都停止旋转了。音乐一停，顶楼静静的。

特威格利从他的音乐盒跳下来，跑到金殿那里。他欢呼一声，把它拿起来朝里面看。

"非常聪明！我实际上应该祝贺我自己。现在它可以放在游乐场，只需要投进一个便士就可以开动。一个小硬币，一个便士，只要一个便士，朋友，

你就可以看一个胖女人吃馅儿饼！快来看哪！快来看哪！只要一个便士！"

特威格利先生挥动着这宫殿，快活地绕着房间蹦蹦跳跳。简和迈克尔也从他们的音乐盒上跳下来，跟着他跑，抓住他的上衣燕尾。他们透过窗子看大块头太太。她在切馅儿饼，她那张机器脸上有一种害怕的表情。

"那是你的第六个希望！"迈克尔提醒他。

"没错，是的！"特威格利先生同意说，"就这一回提出了一个真正有用的希望！你瞧，只要还有希望，那就有办法！特别是当她在这里的时候！"他朝玛丽阿姨点点头，玛丽阿姨正极有气派地从她的音乐盒上下来。

"请戴好你们的帽子！"她尖厉地吩咐说，"我要回家喝杯茶了。我不是一头沙漠中的骆驼。"

"请再等一等，玛丽阿姨！特威格利先生还有一个希望可以提出！"

简和迈克尔异口同声地说，拉住她的手。

"对，我是还有一个！我简直忘掉了。现在，我该提出什么呢……"

"樱桃树胡同，别忘了，弗雷德！"玛丽阿姨的声音里有警告的口气。

"噢，我很高兴你提醒了我。等一等！"特威格利先生把他的一只手放在他的额头上，响起了"多来米法索"的音乐声。

"你希望了什么？"简和迈克尔问他。

可特威格利先生好像忽然之间聋了，因为他不注意他们的问题。他急急忙忙摇他的双手，好像把他所有的希望都提出了，现在急于想单独一个人留下。

"你说你们得走了？多么难过！这是你的帽子吗？好，很高兴你们来了！我希望……这是你的手套吗，亲爱的玛丽……我希望等我的希望再从头开始时你再来看我！"

"什么时候再从头开始呢？"迈克尔问道。

"噢，大概过九十年吧。"特威格利先生快活地回答。

"到那时候，我们都很老了！"简说。

"也许，"他回答说，耸了耸肩，"不过至少不会比我现在老！"

他说着在玛丽阿姨的脸颊上吻了一下，把他们推出房间。

他们看到的最后一件事情，是他在大块头太太那宫殿上动手装上投小硬币装置时他那欢快的微笑……

后来简和迈克尔怎么也回想不起，他们是怎么离开特威格利先生的房子回到樱桃树胡同的。他们好像还在满是灰尘的楼梯上，转眼却已经跟着玛丽阿姨走在蓝灰色的暮色中了。

简回头要看那小房子最后一眼。

"迈克尔！"她大吃一惊地悄悄说，"它不见了。什么都不见了！"

他听了回头看。一点儿不错！简的话是对的。那小街和那些老式房子什么也看不见了。他们面前只有影影绰绰的公园和熟悉的樱桃树胡同。

"我们一个下午到底在什么地方啊？"迈克尔看着四周说。

可是要准确回答这个问题，需要比简更聪明的人。

"我们反正在什么地方。"她明智地说。

可对于迈克尔，这个回答还不够。他奔到玛丽阿姨身边，拉她那条最好的蓝色裙子。

"玛丽阿姨，我们今天在什么地方啊？特威格利先生出什么事了？"

"我怎么知道？"玛丽阿姨厉声说，"我又不是百科全书。"

"可他不见了！那条街不见了！我想那音乐盒也不见了——他今天下午站在上面转的那一个！"

玛丽阿姨在路边停下来，看着他。

"我的表哥站在一个音乐盒上？你说什么瞎话啊，迈克尔·班克斯少爷！"

"可他是站在那上面嘛！"简和迈克尔一块儿叫起来，"我们全都站在音乐盒上团团转。我们每一个合着自己喜欢的曲子转。你的曲子是《鼬鼠逃窜歌》。"

玛丽阿姨的眼睛在黑暗中严厉地闪光。她这么怒视着，人好像变大了。

"我们每一个……鼬鼠？团团转？"真的，她气得话也要说不出来了。

"在一个音乐盒上面，你们是这样说的？我辛辛苦苦，得到的就是这样的话！你们一个下午和我的表哥和我这样两个有教养、有自尊心的人在一起，可接下来只会嘲笑我们。跟鼬鼠

一起团团转，真的？只要有人肯出两个子儿我就把你们丢下来给他……丢在这里……再也不回来！我警告你们！"

"在一个音乐鼬鼠上面！"她发着火，一路高视阔步地穿过越来越浓的暮色。

她的鞋后跟在人行道上噼啪噼啪厉声响。连她的背影也有一种生气的样子。

简和迈克尔急急忙忙跟着她。跟玛丽阿姨争辩是没有好处的，特别是在她这副样子的时候。最好是一声不响。幸亏这时候胡同里一个人也没有，不会有人肯出两个子儿。他们在她身边默默地走着，想着这个下午的怪事，相互看看，只是想……

"噢，玛丽·波平斯！"当玛丽阿姨打开前门的时候，班克斯太太高兴地说，"我很抱歉，不过不用麻烦你表哥了。我刚才又试了一下钢琴，它的调子一点儿问题也没有。说实在的，它甚至从来没有这么好过。"

"我听了很高兴，太太，"玛丽阿姨说，偷偷看看镜子里自己的影子，"这没我表哥的事。"

"我想也是，"班克斯太太说，"他根本没来过。"

"一点儿不错，太太。"玛丽阿姨说。她哼了一声，转身朝楼梯走去。

简和迈克尔偷偷地你看看我我看看你。

"那一定是第七个希望！"迈克尔悄悄说。简点头同意。

啁，啁，啁，啁——啁啾！

公园里传来一阵甜美的音乐声。声音听着耳熟。

"那会是什么声音呢？"班克斯太太叫着，跑到门口去听，"天哪！是只夜莺！"

那歌声从树枝上传下来，一个音一个音，像一个个梅子从树上落下。它使傍晚的空气热闹起来。它在倾听着的暮色中鸣啭。

"多么奇怪！"班克斯太太说，"夜莺从来不在城里歌唱！"

在她背后，两个孩子点着头，狡猾地你看看我我看看你。

"那是特威格利先生的夜莺。"简喃喃地说。

"他把它放出来了！"迈克尔轻轻回答。

他们听着那热闹的歌声，知道特威格利先生是真实的，在什么地方——真实得就跟他这只如今正在公园里歌唱的小金鸟一样。

这夜莺又唱了一阵，不唱了。

班克斯太太叹了口气，把门关上。"我希望知道它是从哪里飞来的！"她做梦似的说。

可是本可告诉她的简和迈克尔已经上了楼梯。他们什么也没说。他们知道，有些事情可以解释，有些事情是不能解释的。

再说，喝茶吃的葡萄干小面包已经摆在那里，如果他们胆敢让玛丽阿姨久等，他们知道她会说什么……

第三章

看国王的猫

迈克尔牙齿疼。他躺在床上哼哼叫，用眼角看着玛丽阿姨。

她坐在那里，坐在扶手椅上，在忙着绕毛线。简跪在她面前，双手撑着那毛线。花园传来双胞胎的叫声，他们正在草地上和埃伦跟安娜贝儿一起玩。儿童室里很安静。时钟发出满足的嘀嗒声，像一只母鸡下了一个蛋在咯咯叫。

"为什么该是我牙齿疼而不是简牙齿疼呢？"迈克尔抱怨说。他拉玛丽阿姨借给他裹住脸颊的披巾。

"因为你昨天糖吃得太多了。"玛丽阿姨尖刻地回答道。

"可昨天是我的生日啊！"他顶嘴说。

"生日不能成为把你自己变成垃圾箱的理由！我过完我的

生日牙齿不疼。"

迈克尔看着她。有时候，他真希望玛丽阿姨不要那么十全十美，什么毛病也没有。不过他从来不敢说出来。

"如果我死了，"他警告她说，"你会后悔的，你将会希望你曾经对我好一些！"

她不屑地哼了一声，继续绕她的毛线。

迈克尔双手捧住脸朝儿童室四周看。这里样样东西都有老朋友的那种熟悉的样子：墙纸、木马、红色破地毯。他的眼睛移到壁炉台上。

那上面有指南针、瓷碗、插满雏菊的果酱瓶、他那只旧风筝的木条、玛丽阿姨的卷尺。那上面还有昨天弗洛西姑妈送给他的礼物——上面有蓝花绿花的小白瓷猫。它蹲在那里，两只爪子靠在一起，尾巴在爪子旁边整齐地卷着。阳光照着它的瓷背，它绿色的眼睛严肃地望过房间。迈克尔对它友好地笑笑。他喜欢弗洛西姑妈，他也喜欢她送给他的礼物。

这时候他的牙齿又是一下针刺似的痛。

"噢！"他尖叫一声，"它朝我的牙床钻洞！"他可怜巴巴地看看玛丽阿姨。"没有一个人疼我！"他痛苦地加上一句。

玛丽阿姨对他嘲弄地笑笑。

"不要这样看我！"他抱怨说。

"为什么不要？我想猫也可以看国王！"

"可我不是国王……"他生气地咕噜说，"你也不是猫，玛丽阿姨！"他希望她和他争，让他分心，不去只顾着注意他

·56·

那颗牙齿。

"你是说有猫能看国王吗？会是迈克尔的那只猫吗？"简问道。

玛丽阿姨抬起头来。她那双蓝色眼睛看着那只猫的绿色眼睛，那只猫也回看她。

静了一下。

"任何猫都可以看国王，"玛丽阿姨最后说，"可这只猫最要看。"

她笑着拿起毛线团，壁炉台上什么东西动了一下。那小瓷猫动动它的瓷胡子，抬起它的头打了个哈欠。孩子们能看到它

闪亮的牙齿和长长的粉红色舌头。那猫接着弓起它带花的背，懒懒的伸了伸腰。接着它又尾巴一摇，从壁炉台上跳了下来。

扑通！四只猫爪子落到了地毯上。咕噜咕噜！猫说着走过壁炉前的地毯。它在玛丽阿姨身边停了一会儿，对她点点头。接着它跳上窗台，跳到耀眼的阳光中，不见了。

迈克尔忘了他的牙齿疼，目瞪口呆。

简放下她那团毛线，看着。

"可是……"他们两个吞吞吐吐地说，"怎么？为什么？上哪里去？"

"去看王后，"玛丽阿姨回答说，"王后每个月第二个星期五在家。别那样睁大眼睛看着，简——风会转向的！闭上你的嘴！你的牙齿会受凉的。"

"可我要知道出什么事情了！"迈克尔叫道，"它是瓷的。它不是只真猫。可是……它会跳，我看见了。"

"它为什么要去看王后？"简问道。

"为了老鼠，"玛丽阿姨镇静地说，"部分是为了老交情。"

她拿着毛线球的双手落下来。简向迈克尔投去一个警告的眼色。他小心翼翼地扭动身子下了床，爬过房间。玛丽阿姨没有在意。她用做梦似的眼神看着窗外，在想着她的心事。

"从前……"她慢慢地说起来，好像阳光中写着字，她在照着它们念……

从前有一个国王，他自以为无所不知，我简直没法告诉你

他自以为知道的那么多事情。他那脑袋瓜装满了事情和数字，就像个满是石榴子的石榴。这就使国王整个人心不在焉、忘乎所以。如果我告诉你说，他甚至连自己的名字叫科尔都忘记了，你简直会不相信。不过他的首相记忆力很好，不时提醒他。

就这样，这个国王最爱追求的东西就是思索。他晚也思索早也思索。他吃饭的时候思索，洗澡的时候也思索。他从不注意眼前发生了什么事，因为，当然啦，他一直在思索别的事。

他思索的事可不是像你想象的那样，是关于老百姓的福利，怎么让他们过得好。根本不是这么回事。他的脑子忙于想别的问题。例如在印度有多少气球，北极圈是不是和南极圈一样长，能不能教会猪唱歌。

他不但自己想这类事情，还强迫每一个人也想这些事情。每一个人，只除了首相，首相根本不是个爱思索的人，他是个爱坐着晒太阳、什么事也不做的老人。不过他留神着不让人知道这件事，怕国王知道了会砍掉他的脑袋。

国王住在一座水晶宫里。在他即位的早年，这水晶宫光芒四射，经过的人得捂住眼睛，怕眼睛耀花了。可是水晶渐渐暗下来，时间的灰尘遮盖了它的光芒。没有人有空为它擦拭，因为每一个人都太忙了，只顾着帮国王想他所想的事。他们任何时候都有可能被命令离开他们的工作，赶紧去办国王想出来的事。也许是到中国去数有多少蚕，也许是去查明所罗门群岛是不是由示巴女王统治[1]。当他们带着调查报告回来时，国王和群

---

[1]示巴女王是《圣经》故事中的人物，曾到所罗门朝中试智慧过人的所罗门的智慧，这跟所罗门群岛没有一丁点儿关系。

臣就把事情誊写在皮封面的大书里。如果有人一无所得、空手而归，他的脑袋马上会落地。

宫殿里唯一无事可做的人是王后。她整天坐在她的金宝座上，转动着围住她喉咙的蓝花绿花花环。有时候她大叫一声吓得跳起来，把她的白鼬皮袍子裹紧，因为这宫殿越来越脏，老鼠越来越多。任何人都可以告诉你，老鼠是没有一个王后受得了的东西。

"噢——噢——噢！"她会喘着气叫着，在宝座上蹦跳。

每次她一叫，国王就皱起眉头。

"请安静，不要响！"他用暴躁的声音说，因为最小的声音也妨碍他思索。于是老鼠会散开一会儿，房间里静悄悄的，只有国王和臣子把新的事情加到皮封面的厚书里去时鹅毛笔的嚓嚓声。

王后从不下命令，哪怕是对她的寝宫女侍臣，因为下命令也没有用，国王很可能把她的命令撤销。

"补王后的裙子？"他会生气地说，"什么裙子？为什么浪费时间去谈什么裙子？拿起笔写下关于凤凰的事情吧！"

你会说，这样多么可怕啊！的确，这我不能怪你。不过你千万别以为一直就是这样的。王后孤孤单单地坐在她的宝座上，有时就想起了她最初嫁给国王的日子。他当时是个多么高大英俊的男子汉啊，有粗壮的白脖子和红润的脸颊，满头鬈发，像是山茶花的叶子。

"唉！"回想往日，她会不由得叹口气。那时候，他会从

他的餐碟上拿蜂蜜蛋糕和牛油小面包给她吃。他那张脸是何等充满了爱，使她的心都乱了，纯粹由于快乐，她把脸转开不敢去看他。

可最后，一个不祥的傍晚降临了。

"你的眼睛比星星还要亮。"他从她的脸看到闪烁的天空，对她说。可他没有像平时那样把脸又向她转回来，他继续朝天上看。

"我只想知道，"他做梦似的说，"天上有多少颗星星，我想数一数。一、二、三、四、五、六、七……"他一直数下去，直到王后在他身边睡着了。

"1249……"当她醒过来的时候，国王正在说。

这还不够，他马上把所有大臣从床上叫起来，吩咐他们也数星星。可数下来没有两个答案是一样的，国王气坏了。

事情就是这么开始的。

第二天，国王对王后说："你的两边脸蛋，我亲爱的，像两朵玫瑰！"

王后听了十分高兴，可国王又说："不过为什么是玫瑰呢？为什么不是卷心菜呢？为什么脸颊是粉红色，卷心菜却是绿的呢？为什么不是反过来呢？这是一些非常重大的问题。"

第三天，他说她的牙齿像珍珠。可她还没来得及微笑，他又说下去了："如果它们真是珍珠又怎么样呢？每一个人有一定数目的牙齿，它们大多数都像珍珠。然而珍珠是很稀少的。这是一个更重要、更值得思索的问题。"

于是他召来王国里最好的潜水人，派他们潜到海底去。

就从那一天起，他就一直在思索了。他只顾得到知识，连看也不再看王后一眼。实际上就是朝她看，他大概也看不见她，因为他在他的书和纸上操劳过度，眼睛近视得不得了。他那张红润的圆脸变瘦了，满是皱纹，他年纪轻轻头发就白了。他简直不吃东西——只有在老首相告诉他晚饭在桌子上摆好了时，他才吃点面包夹干酪和洋葱。

好，你们这就可以想象出来，王后有多么孤独。有时候首相会小心地拖着脚走到她的宝座旁边，好心地轻轻拍拍她的手。有时候小侍童灌满了墨水缸以后，会在国王后面抬起眼睛对她微笑。可是老人也好孩子也好，都不能花更多时间让王后快活，因为他们怕掉脑袋。

你们可别以为国王存心凶恶。事实上他还觉得他的臣民比谁都幸福，因为他们不是有个无所不知的国王嘛！可是在他忙于搜集知识的时候，他的老百姓越来越穷。房屋倒塌，田地荒芜，因为国王要大家全都帮他思索。

终于到了这么一天，当国王和群臣照常在他们会议厅的桌旁忙着，王后坐在那里听鹅毛笔在纸上嚓嚓响，老鼠在墙板里吱吱叫的时候，王后坐得一动不动，一只大胆的老鼠飞快地跑过地板，开始在她的宝座下面整理起它的小胡子来。王后吓得轻轻喘了口气，随即用手捂住嘴，生怕惊扰国王。这时候她裹紧她的白鼬皮袍子，坐在那里浑身发抖。就在这会儿工夫，她那双害怕的眼睛从她捂住嘴的手上面望过房间，看到门口有一

只……猫。

这是一只小猫，浑身毛茸茸的，像一朵蒲公英，从尾巴到胡子白得像白糖。它懒洋洋地摇摇摆摆地进来，像是闲着没事做。它从从容容进门时，那双绿色的眼睛闪闪发光。

它到了地毯边上停了一会儿，好奇地看着国王和那些大臣在他们的书上弯着腰。接着它那双绿色眼睛转向王后。猫大吃一惊，整个身体绷紧了。它的背弓得像个驼峰。它的胡子伸出来，就像钢丝。紧接着它冲过会议厅，向王后的宝座下面扑过去。响起一声粗哑的喵喵叫，又是很细的一声吱吱叫，那老鼠没影儿了。

"请不要响！别发出这种怪声，我亲爱的！它打乱我的思路！"国王暴躁地说。

"那不是我！"女王胆怯地说，"那是猫。"

"猫！"国王心不在焉地说，连头也没有抬起来，"猫是四腿动物，身上披着毛。它们吃老鼠、鱼、肝和小鸟，相互咕噜咕噜叫或者喵喵叫。它们自顾自，相传有九条性命。有关猫的详细介绍见进门左手边第五号书橱 D 层第七卷第二页……"

"喂，这都是什么乱七八糟的……"

国王吃了一惊，从书页上抬起头来，因为猫就蹲在写字台上，面对着他。

"请你小心点！"国王生气地说，"你正好蹲在我最新的资料上面。它们关系到非常重要的问题。土耳其鸡[1] 真出自土耳

---

[1] 英文里"火鸡"和"土耳其"是同一个词，原指从土耳其进口的非洲珍珠鸡，后来误做火鸡。

其吗？如果不是，又为什么叫土耳其鸡？好，你要什么？快说！别蘑菇！"

"我要看你。"猫冷静地说。

"哦！你要看我？对了，是有这个说法，猫也可以看国王！我不反对。你看吧！"

国王把身子靠到他的椅背上，把脸从左转到右，让猫可以看到两边。

猫看着国王想心事。

沉默了好一会儿。

"看够了吗？"国王大方地微笑着说，"可以请问一句，你对我有什么想法？"

"没什么想法。"猫舔着它的右前爪随口说了一声。

"什么？"国王叫起来，"没什么想法，真的？我无知的可怜动物，你显然没注意到你是在看哪一个国王！"

"所有国王都差不多。"猫说。

"根本不对！"国王生气地说，"我倒请你说出一个国王，他知道的和我一样多！我告诉你，教授们从天南地北来向我请教，一谈就是半个小时。我的宫廷由最好的人组成。杀死巨人的杰克给我的花园掘土。给我放羊的是躲躲猫。我的馅儿饼里有24只黑鸟。你说我没什么可看的，真的吗？胆敢这样和一个国王说话，我倒想知道你是谁！"

"噢，就是一只猫，"猫回答说，"有四条腿、一条尾巴、几根小胡子。"

"这我也看得见！"国王凶巴巴地说，"你长什么样子我没兴趣。我要知道的是，你知道多少。"

"噢，无所不知。"猫平静地说，舔着尾巴尖。

"什么！"国王一下子大发脾气，"你是只最狂妄自大的骄傲的东西！我真要砍下你的脑袋。"

"你会的，"猫说，"不过要趁早。"

"无所不知！哼，你这家伙真不像话！没有一样活着的东西——甚至包括我——真能聪明到这样！"

"猫是唯一的例外，"猫说，"我向你保证，所有的猫无所不知。"

"很好，"国王咆哮说，"不过你得证明出来。如果你这么聪明，我要问你三个问题。那我们就看到真相了。"

他露出傲慢的微笑。如果这该死的猫坚持吹它的牛，那么它将自食其果！

"好，"他又把身体靠在椅背上，双手手指合在一起，"我的第一个问题是……"

"请等一等！"猫平静地说，"我们先要谈好条件，我才能回答你的问题。没有猫会那么笨的。我准备好跟你做个交易。这一条算是我们一致同意了，你将问我三个问题。不过你问完以后，我也要问你问题，这样才公平。我们当中谁赢了，谁就统治你这个王国。"

朝臣们惊讶地放下了他们手中的笔。国王也惊讶地瞪大眼睛。

不过他咽下要跳出口的话，只是轻蔑地哈哈大笑。

"很好，"他最后傲慢地说，"这是大大浪费时间，后悔的将是你而不是我。不过我接受你的条件。"

"那么摘下你的王冠，"猫吩咐说，"把它放在桌子上，放在你我之间。"

国王从他乱蓬蓬的头上摘下王冠，上面的珠宝在阳光中闪烁。

"让我们快把这乱七八糟的事情了结了吧！我得回头干我的活儿了。"他生气地说，"你好了吗？好，这是我的第一个问题。如果你把六尺男儿头对脚小心地排列在一起，那么，绕赤道一周，需要多少人呢？"

"那很容易，"猫笑着回答说，"只要把总长度除以六就行。"

"啊哈！"国王狡猾地叫着，"很好……不过长度是多少呢？"

"你爱多长就多长，"猫脱口而出，"它实际上不存在，这你知道。赤道纯粹是一根想象的线。"

国王不以为然，脸都黑了。

"好吧，"他绷着脸说，"那么告诉我这个：一头大象和一个铁路搬运工之间的差别是什么？"

"根本没有差别，"猫又脱口而出，"因为他们都离不开trunk[1]。"

"不过……不过……不过……不过……"国王反对说，"这

---

[1] 英文里 trunk 的意思又是象鼻子又是箱子。

些都不是我想要的回答。你实在应该更严肃点。"

"我不管你想要什么回答，"猫说，"可这些都是你的问题的标准答案，任何一只猫都可以告诉你。"

国王生气地吧嗒着他的舌头。

"这胡说八道已经超出了开玩笑的范围！这是胡闹！这只是胡言乱语。不过好吧，这是我的第三个问题——如果你能回答它。"

你从国王脸上的微笑可以看出来，他这一次认为，他准可以把猫送到他要它去的地方了。

他神气地举起一只手开始说："如果12个人一天工作8小时，要挖一个10英里半深的坑，那么，他们要多少时候——工作包括星期日——才能收工，放下他们的铲子？"

国王的眼睛闪着狡诈的光。他得意地看着猫。可是猫的回答早已想好。

"两秒钟就完了。"它尾巴轻轻一摇，脱口而出。

"两秒钟！你疯了吗？这回答应该是多少年！"国王想到猫的错误，兴高采烈地搓着他的手。

"我再说一遍，"猫说，"他们只花了两秒钟，事情就完了。挖这样一个坑愚蠢透顶。他们会说：'10英里深？干什么用啊？'"

"问题不在这里。"国王生气地说。

"可是每一个问题一定要有一个道理。没有道理，就不用问了。现在，"猫说，"我想轮到我来问了！"

国王生气地耸耸肩。

"好吧，快点。你已经浪费了我太多的时间！"

"我的问题很短、很简单，"猫向他保证说，"猫动动胡子就能回答。但愿国王同样聪明。好，这是我的第一个问题。天有多高？"

国王得意地哼了一声。这正是他喜欢的一种问题，他露出心照不宣的微笑。

"当然，"他开口说，"这看你从哪里量起。从平原量上去是一种高度。从山顶量上去又是一种高度。这一点考虑到以后，我们应该决定纬度、经度、幅度、长度、众多状态，而且不要忘记大气干扰、数学、杂技和歇斯底里，以及低压、表现、印象、供认，还有……[1]"

"对不起，"猫打断他的话，"可这不是回答。请再试一次，天有多高？"

国王又生气又吃惊，眼珠都凸了出来。以前还从未有人胆敢打断他的话。

"天！"他怒吼道，"是……呃……它是……当然，我不能用多少码来回答你。我保证任何人也不能。它大概是……"

"我要准确的答案，"猫说，它从国王看到目瞪口呆的群臣，"这里，在这学问的殿堂，有任何一个人能回答我的问题吗？"

首相紧张地看着国王，举起一只发抖的手。

"我一直认为，"他腼腆地喃喃着，"天比老鹰飞的高度高。当然，我是一个老朽，我可能错了……"

---

[1] 国王把英文一些词尾相同的词排列在一起，没有什么意思。

猫啪地合上它白糖那样白的爪子。

"不！不！你说得对。"它温柔地说。

国王气得哼了一声。

"愚蠢无聊！胡说八道！"

猫举起它的爪子请他安静，接着说："请回答我的第二个问题！什么地方能找到最甜的奶？"

国王的脸马上开朗了，有把握地笑笑。

"这简单得像 ABC，"他傲慢地说，"答案当然是意大利的撒丁岛，因为那里的牛吃蜂蜜和玫瑰花，它们的奶甜得像糖浆。或者我该说是埃利甘特群岛，那里的牛只吃甘蔗。或者是希腊，那里的牛吃屈曲花。好，考虑下来……"

"我什么也不用考虑，"猫说，"只除了一点，你根本没有回答我的问题。什么地方的奶最甜？噢，请问陛下！"

"我知道！"小侍童在半满的墨水缸前面想了一下，叫道，"在火旁边的碟子里。"

猫向那孩子点头称赞，当着国王的面打了个哈欠。

"我觉得你太聪明了！"它对小侍童狡猾地说，"你理应当所有国王中最聪明的国王……反正有人把我的问题回答了，你不用生气……"因为国王正在怒视着侍童，"你还有一个机会可以赢。这是我的第三个问题：世界上最强有力的东西是什么？"

国王的眼睛闪亮。这一回他的回答一定对。

"老虎，"他思索着说，"它是非常强有力的东西。还有

马和狮子。当然，还有海潮。还有花岗岩山脉。强有力的还有火山，极地的冰山。也许还有中国的长城……"

"或者又不对！"猫打断他的话，"有什么人能回答我，最强有力的东西是什么？"

它朝会议厅又环视了一圈。这一回开口说话的是王后。

"我想，"她温柔地说，"一定是忍耐，因为长期下来，是忍耐战胜了一切。"

猫那双绿色的眼睛在她身上严肃地停留了一阵。

"一点儿不错。"猫平静地同意说。它转过身来，把一只爪子放在王冠上。

"噢，最聪明的君主！"猫叫道，"毫无疑问，你是一位伟大的学者，我只是一只平凡的猫。不过我回答了你所有的问题，可我的问题你一个也没有回答上来。比赛结果我想是显而易见的，这王冠理应属于我。"

国王表情轻蔑地哈哈大笑。

"别傻了！你要它来干什么？你不会制定法律和统治人民。你甚至不会读和写。把我的王国转交给一只猫，如果我这样做，我就不得好死！"

猫爽朗地笑了。

"我看你的智慧不包括童话知识在内。要不然你会知道，只要砍掉一只猫的脑袋，就会发现它是一个王子的化身。"

"童话？呸！童话不在我的眼里。我思索的是我的王国。"

"你的王国，"猫说，"如果你原谅我提起它的话，它已

经不关你的事了。现在需要你关心的事只是赶快砍掉我的脑袋，其余的事你可以交给我来办。再说，既然你显然用不着这些人，我要请这位长老——你的首相，这位明白事理的妇人——你的妻子，这个聪明的孩子——你的侍童，全来为我做事。让他们拿上他们的帽子和我一起走，我们四个人将管理这个王国。"

"那么我怎么办？"国王叫道，"我上哪里去？我可怎么过？"

猫的眼睛狠狠地眯缝起来。

"你早就该想到这一点。大多数人想两遍才跟猫做交易。好，现在交出你的剑吧，有学问的人！我相信剑刃是锋利的。"

"等一等！"首相用手按住国王的剑把，叫道。接着他向猫转过身来鞠了一躬。

"猫先生，"他平静地说，"请听我说！你的确在公平的比赛中赢得了王冠。可能你真是个王子。不过我必须谢绝你的邀请。自从我在国王的父亲，就是先王的宫廷中当侍童以来，我就忠心耿耿地侍奉国王。不管他戴王冠不戴王冠，是国王还是在孤独的路上流浪的人，我爱他，他也需要我。我决定不和你一起走。"

"我也不跟你走，"王后从她的金宝座站起来说，"从国王年轻英俊的时候起，我就和他厮守在一起，在漫长孤单的年头里，我一直在默默地等着他回心转意。不管他聪明还是愚蠢，富有还是讨饭，我爱他，需要他。我不跟你走。"

"我也不走，"小侍童塞好他的墨水瓶说，"我只知道有这个家。国王是我的国王，我很为他难过。再说我喜欢装墨水。

我不跟你走。"

　　猫听了这些话，露出古怪的微笑，绿色的眼睛对着三个拒绝了它的人闪亮。

　　"你对这个有什么话要说呢，噢，国王？"猫向写字台转过脸去说。

　　可是没有话回答这句问话，因为国王在哭。

　　"噢，聪明的人，你为什么哭啊？"猫问道。

　　"因为我感到惭愧，"国王哭着说，"我一直自吹我多么聪明。我自以为无所不知——几乎无所不知。可我现在发现，一个老人、一个女人、一个小孩全都比我聪明得多。不要安慰我了！"当王后和首相摸他的手时，他哭着说，"我不配。我根本一无所知，甚至不知道自己是谁！"

　　他用手臂遮住脸。"噢，我知道我是一个国王！"他叫道，"我当然知道我的名字和住址。可是这些年下来，我不知道我实际上是个什么人！"

　　"看着我，你就知道了。"猫平静地说。

　　"可我一直看着你！"国王用手帕挡住脸哭。

　　"你没有好好看，"猫温和地要他看，"你只是随便瞥上两眼。你说了，一只猫可以看国王，可是国王也可以看一只猫。只要你看，你就知道你是谁。看着我的眼睛……好好地看。"

　　国王把捂住脸的手帕拿下来，透过眼泪看猫。他的目光在那张安静的白脸上游移，最后来到猫的绿眼睛上。在那闪耀刺人的目光中，他看到了自己的反影。

“再近一点儿，再近一点儿。”猫吩咐说。

国王听话地把身子靠过去。

当他看着那双深不可测的眼睛时，它们里面那个人发生了变化。他那张枯瘦的脸慢慢地变胖；苍白的脸颊鼓起来，变成圆圆的红润的脸颊，眉头上的皱纹舒展开来；他头上长出了光亮的棕色鬈发，下巴白了的胡子变成了棕色。国王大吃一惊，微笑起来。一个脸色红润的魁梧大汉从猫那镜子似的眼睛里对他报以微笑。

“我的天哪！那是我！”他叫道，“我终于知道我实际上是谁了！原来我不是天下最聪明的人！”他哈哈大笑着扬起头。“呵呵！哈哈！我现在全看到了！我根本不是一个认真思索的人。我只是一个快活的老家伙！”他叫道。

他向目瞪口呆的群臣挥手："来吧！把那些纸和笔拿走。把那些笔记本撕掉！把那些写字台埋掉！如果有人对我提起一份材料，我就亲手砍下他的脑袋。"

他又是一阵哈哈大笑，把首相抱得那么紧，险些儿要了这位老人家的命。

"原谅我，我忠实的朋友！"我叫道，"请把我的烟斗、酒杯拿来，把我的三位小提琴手叫来！"

"还有你，我的快乐，我的宝贝，我的鸽子……"他转向王后，伸出双臂，"噢，请再把你的手给我吧，亲爱的心肝儿，我永远不再放开它了！"

幸福的眼泪从王后的脸颊流下，国王温柔地把它们抹去。"我不需要天上的星星，"他悄悄地说，"我有这里的星星，它们就在你的眼睛里。"

"如果打断了你的话，请你原谅。可我呢？"猫说。

"你嘛，已经得到了这个王国。你已经得到了王冠！你还要什么呢？"国王问道。

"呸！"猫说，"这些对我都没用！我求求你，请你把它们作为友好的礼物收回去吧。不过猫从来不白送东西。作为回报，请答应我两个请求……"

"噢，要什么都可以，随便什么东西。"国王做了一个高雅的手势。

"从今以后，"猫说，"我很想到王宫来看……"

"看我？当然可以！随时来都欢迎！"国王露出满意的微

笑，打断它的话。

"看王后。"猫不理他的话，把自己那句话说完。

"噢……看王后！好的！随便你什么时候来。你可以帮助我们除掉老鼠。"

"我的第二个请求，"猫说下去，"是要王后脖子上戴着的蓝花绿花花环。"

"拿去吧……很欢迎！"国王脱口而出，"反正那不值什么钱。"

王后慢慢地把手举起来，解开她脖子上的扣子。她把这花环盘到猫身上，套在它毛茸茸的身体上，直绕到尾巴。接着她深深地看了猫的绿眼睛好长一会儿，猫也看她的眼睛。在那交流的眼光中，有王后和猫保存在心中从不告诉任何人的全部秘密。

"我在家的日子是每月第二个星期五。"王后对猫微笑着说。

"我会来的。"猫点头说。

它说完这句话，一个转身，看也不看任何人，就跑出会议厅。那蓝花绿花花环在它的毛皮上闪亮，它的尾巴摇来摇去像面旗子。

"再问一句！"当猫离开时国王叫它，"你真是一个王子的化身吗？我砍下你的头没事吗？"

猫转过头来严肃地看着他。接着它露出嘲讽的微笑。

"在这个世界上，没有事情是绝对的。再见！"绿眼睛的猫说。

它跳过阳光照着的门槛，跑下城堡楼梯。

在王宫草地上，一头红色母牛正在一个装饰用的小池边顾影自怜。

"你是谁？"猫跑过时它问道。

"我是看国王的猫。"猫回答说。

"我呢，"牛抬抬头说，"我是跳过月亮的母牛。"

"是吗？"猫说，"为了什么？"

母牛看着。这个问题以前还没有谁问过它。它一下子觉得，除了跳过月亮也许还有别的事情可做。

"这回让你说到了，"它腼腆地说，"我想我其实也不知道。"它跑过草坪，去把这事想想清楚。

在花园小径，一只灰色大鸟喧闹地拍着它的翅膀。

"我是下金蛋的鹅！"它傲慢地叫道。

"真的？"猫说，"你的小鹅呢？"

"小鹅？"鹅的面色有点变灰，"唉，这回让你说到了，我没有小鹅。我总觉得少了点什么。"它急急忙忙去做窝，要下个普通蛋。

扑通！一个绿色的东西落在猫的面前。

"我是一只会求爱的青蛙。"它骄傲地说。

"你是这么告诉我的？"猫严肃地说，"那么我相信你一定婚姻快乐。"

"这个……这回让你说到了……不是那么回事，事实上……呃……没有成功！"青蛙坦白承认说。

"啊，"猫摇摇头说，"你该听你妈妈的话！"

青蛙还没来得及眨眼睛，猫已经过去了。它继续沿着花园小径走，胡子在早晨的空气中抖动，蓝花绿花的花环在阳光中闪烁，后面的尾巴像旗子似的摇来摇去。

它走出宫殿大门以后，所有见过它的人都觉得富有和快活。

母牛、鹅和青蛙很高兴，因为它们现在可以不再做毫无意义的傻事了。朝臣们全成了快活的人，白天合着小提琴乐曲跳舞，晚上喝杯里满满的酒。国王本人尤其高兴，因为他不再胡思乱想。王后高兴更是大有道理——因为国王快活。小侍童也高兴，因为他现在可以灌满墨水缸，又把墨水缸里的墨水倒回墨水瓶，没有一个人说他不对。

不过天下最高兴的人莫过于老首相。

你知道为什么吗？

他颁发了一个公告。

公告上说，国王命令他的臣民竖起花柱，围着它跳舞，拿出旋转木马来骑，要大家跳舞，唱歌，欢宴，长长胖，相互亲亲爱爱。而且(这话大字印出来)，如果有人胆敢违背，国王就立即砍掉他的脑袋。

这样做完以后，首相觉得他做得够多了。在他的余生中他什么也不再做——只是坐在摇椅上晒晒太阳，用一把椰子叶扇子轻轻地给自己扇风。

至于那只猫，它戴着王后闪亮的花环周游世界，用绿色的尖锐眼睛观看一切。

有人说它如今依然在周游世界，远近不拘。它一路走的时候，总是寻找回看它的人。那也许是国王，也许是牧童，也许是城市街上的路人。如果碰到一个这样的人，它就留下来和他住上一阵。住的时间不长。它只要用它深邃的绿色眼睛看上一眼，就知道那是个什么样的人……

那安谧悦耳的讲故事的声音停了下来。阳光离开窗口，暮色慢慢地进来了。在儿童室里，除了时钟的嘀嗒声，一点儿声音也听不见。

接着玛丽阿姨一惊，好像从远方回来了，向孩子们转过脸来。她的眼睛生气地闪光。

"请问你下床来干什么？我还以为你牙疼得要命呢，迈克尔！你为什么这样看着我，简？我不是一只玩把戏的大狗熊！"

她拿起她的毛线球，又变成原来那个旋风似的玛丽阿姨。

迈克尔尖叫一声，赶紧回到床上去。可简没有动。

"我不知道我是谁！"她轻轻地说，半是说给自己听，半是说给迈克尔听。

"我知道我是谁，"迈克尔犟头犟脑地说，"我是迈克尔·乔治·班克斯，住在樱桃树胡同。我用不着猫来告诉我。"

"他什么事情也不用人告诉他，这位聪明的棒小子先生！"玛丽阿姨讽刺地对他笑笑。

"等到它回来，"简慢慢地喃喃说，"我要朝它深深的绿色眼睛里看！"

"你说什么深深的绿色眼睛！你还是去看看你自己那张黑脸吧，看它是不是干净了，好去吃晚饭！"玛丽阿姨照常哼了一声。

"也许它不再回来了！"迈克尔说。他想：一只能看国王的猫，是不会愿意待在壁炉台上的。

"噢，会的，它会回来的……对吗，玛丽阿姨？"简的声音很焦急。

"我怎么知道？"玛丽阿姨狠狠地回答一声，"我不是公共图书馆！"

"可那是迈克尔的猫……"

简正要反驳，班克斯太太的声音打断了她的话。

"玛丽·波平斯！"它从楼梯脚传上来，"你能来一下吗？"

两个孩子相互看看，不知道是什么事。他们妈妈的声音又尖又显出几分胆怯。玛丽阿姨匆匆走出房间。迈克尔再次推开毯子，和简一起溜到楼梯口。

下面前厅里，班克斯先生蜷缩着坐在一把椅子里。班克斯太太担心地在抚摸他的头，给他喝水。

"他好像受了什么惊吓，"她向玛丽阿姨解释说，"你能告诉我，乔治，到底出什么事了吗？会是什么事呢？"

班克斯先生抬起他苍白的脸："神经崩溃——就是这么回事。我操劳过度，我看见鬼怪了。"

"什么鬼怪？"班克斯太太问道。

班克斯先生抿了口水。

"我在胡同口正拐弯进来，忽然……"他哆嗦了一下，闭上他的眼睛，"我看见它就站在我们家的院子门口。"

"你看见什么站在那里了？"班克斯太太紧张地叫道。

"一个白色的东西。像是只豹。它的白毛上长着勿忘我花。当我走到院子门的时候，它……直瞪瞪地看着我。一双绿色眼睛狠狠地看着我……一直看到我的眼睛里。接着它点点头，说了声：'晚上好，班克斯！'就急急忙忙顺着花园小径走了。"

"可是……"班克斯太太开始顶他。

班克斯先生举起手不让她说话。

"我知道你要说什么。请不用说了。你不外是说，豹都锁在动物园里，它们身上不会有勿忘我花等等。这些我也想到了。这只说明我病得很厉害。你最好去请辛普森医生来。"

班克斯太太跑到电话前面。上面楼梯口传来忍住笑的打呃声。

"你们在上面干什么？"班克斯太太轻轻地问道。

可是简和迈克尔回答不出来。他们笑得话也说不出来。他们在地板上又扭又打滚，咯咯地笑个不停。

因为正当班克斯先生在描述他受惊吓的事时，一只雪白的东西出现在窗口。它从窗台上轻轻地跳到地板上，跑到它壁炉台上的原来位置。它如今正蹲在那里，尾巴盘起来，胡子贴着脸颊。它身上是一朵朵闪亮的蓝色、绿色小花，绿色的眼睛望过房间。壁炉台上迈克尔那只瓷猫静静地、一动不动地待着。

·81·

　　"哼，这些孩子铁石心肠，真是冷酷！"班克斯先生抬头去看他们，十分震惊，十分伤心。

　　可这只让他们笑得更响。他们又是咯咯笑，又是咳嗽，又是呛着，又是发疯，直到玛丽阿姨仰起头来狠狠地瞪他们。

　　接着静下来了。连打呃声也没有了。因为简和迈克尔知道，她这么一瞪，足可以让任何人笑不出来。

第四章
大理石男孩

"别忘了给我买晚报！"当班克斯太太给简两便士并且亲亲她再见的时候，说道。

迈克尔责怪地看着他的妈妈。

"你就给我们这么多吗？"他问道，"万一我们遇到卖冰淇淋的呢？"

"好吧，"班克斯太太勉强地说，"再给你们六便士。不过我实在认为，你们这些孩子零食吃得太多了。我是个小女孩的时候，就不是每天吃冰淇淋的。"

迈克尔好奇地看着她。他怎么也没法相信，她曾经是个小女孩。乔治·班克斯太太穿着女孩短裙，头发用缎带扎起来？

不可能！

"我想，"他沾沾自喜地说，"你不配吃冰淇淋！"

他把那六便士硬币小心地塞进他的水手袋口袋。

"这里面四便士买冰淇淋，"简说，"其他的买好玩的东西。"

"对不起，别挡路，小姐！"她后面一个高傲的声音说。

玛丽阿姨又整洁又漂亮，像一个时装图样，正抱着安娜贝儿下台阶。她把安娜贝儿放进童车，推着它走过两个孩子身边。

"现在，大步进公园！"她厉声说，"不要磨磨蹭蹭的！"

简和迈克尔分散开来沿着小径走，后面跟着约翰和巴巴拉。太阳像一把明亮的大伞笼罩着樱桃树胡同。鸫鸟和黑鸟在树上唱歌。布姆海军上将忙着在角落里给他的菜地除草。

远处传来军乐声。乐队在公园头上演奏。沿着公园大路是一把把花花绿绿的女式阳伞，它们下面太太小姐们在喊喊喳喳交换着最新的新闻。

公园管理员穿着他的夏天制服——蓝颜色，袖子上有一条红杠——走过草坪，注视着每一个游客。

"请遵守规则！不要到草地上去！废物请扔进废物篓！"他叫道。

简看着阳光灿烂的如梦风景。"就像特威格利先生的音乐盒。"她说着，快活地叹气。

迈克尔把耳朵贴到一棵橡树上。

"我相信我能听到它在长大！"他叫道，"它发出轻柔的爬高的声音……"

"你马上要自己爬了！再不赶紧走路，这就回家去！"玛丽阿姨警告他。

"公园里不许乱扔废物！"当她沿着公园大路快步走的时候，公园管理员大叫。

"你自己才是废物！"玛丽阿姨猛地抬抬她的头，尖刻地回答了一声。

公园管理员摘下帽子扇他的脸，看着玛丽阿姨的背影。从她微笑的样子，你就知道她知道他在看她。她心里说，他怎么忍得住不看她呢？她不是穿着她那件白色的新上衣，上面有粉红色的衣领，前面有四颗粉红色的一排扣子，还系着一条粉红色的腰带吗？

"今天我们上什么地方去啊？"迈克尔问道。

"等着瞧吧！"她一本正经地回答他。

"我只不过问问……"迈克尔争辩说。

"那就不要问！"她警告般地哼了一声说。

"她总是不让我说话！"他在帽子底下向简咕噜了一声，"我有一天会变哑巴的，那时候她就后悔了！"

玛丽阿姨把童车推在前面，像跨越障碍那样走得飞快。

"请朝这边走！"当她把童车朝右转的时候，吩咐孩子们说。

于是他们知道上哪里去了，因为这小径从酸橙树大道转向湖边。

在地道似的树荫那边有一个闪亮的湖。它在阳光里碧波粼粼，孩子们穿过树荫向湖边跑去，只觉得心跳都加速了。

"我要做一只小船，开到非洲去！"迈克尔忘了他还在生气，大喊大叫着。

"我去钓鱼！"简跑到他前面，叫道。

他们又叫又跳又挥帽子，来到闪亮的水边。湖四周都是蒙着灰尘的绿色长椅，鸭子沿着湖边嘎嘎叫，贪馋地找着面包屑。

湖的另一头站着一尊磨损的大理石像，是一个男孩抱着一只海豚。它在湖和天空之间雪白闪亮得耀眼。男孩的鼻子有个小小的缺口，一个脚踝上有条裂纹，像根黑线似的。他左手一个指头的关节断了，所有脚趾都裂开。

内莱乌斯

他高高站在他的台座上，一条胳臂轻轻抱着海豚的脖子。他满头鬈发的大理石头俯向水面，用睁大的大理石眼睛沉思地看着它。他的名字"内莱乌斯"刻在台座上，金字有点褪色了。

"它今天多么明亮啊！"简朝闪光的大理石像眨巴着眼睛低声说。

就在这时候，她看到了那位老先生。

他坐在大理石像前面，利用放大镜在读一本书。他的秃顶上盖着一条四个角打结的丝手帕挡太阳，椅子上，他旁边是一顶黑色大礼帽。

孩子们用不知所措的眼神看着这个古怪的人。

"那是玛丽阿姨喜欢坐的椅子！她要生气的！"迈克尔说。

"真的？我什么时候生气过？"她的声音在他后面问道。

这话让他大吃一惊。"可你经常生气，玛丽阿姨！"他说，"一天至少 50 次！"

"我从不生气！"她生气地厉声说，"我有王蛇那种耐心！我只是说出我的心里话罢了！"

她猛地转身走开，坐到石像正对面的椅子上。接着她隔湖看那位老先生。这样的一眼可能杀死人，可那老先生岿然不动。他继续专心地看书，对谁也不注意。玛丽阿姨生气地哼了一声，从童车里拿出她的缝纫袋，开始补袜子。

孩子们在闪光的湖边散开。

"这是我的小船！"迈克尔从一个废物篓里捡起一张彩纸大叫。

　　"我在钓鱼，"简肚子贴地趴着，把一只手伸到水上。她想象她的手指抓住一根钓竿，钓丝垂下去，钓丝上有个钩子，上面有条毛虫。过了一会儿，她知道一条鱼懒洋洋地游到了钩子上咬那条毛虫，于是把手一拉，就把鱼拉到地上，然后用帽子装着它回家。"哎呀，没想到！"厨娘布里尔太太会说，"我们正好要用它做晚饭！"

　　在她旁边，双胞胎在快活地玩水。迈克尔驾着他的船穿过可怕的暴风雨。玛丽阿姨正经八百地坐在她的长椅上，用一只脚把童车摇来摇去。她的银针在阳光中闪烁。公园静悄悄的，如梦如幻。

啪！

老先生合上了他的书，那声音打破了寂静。

"噢，我说，"一个尖细的悦耳的声音抗议说，"你本可以让我把书读完！"

简和迈克尔惊奇地抬起头。他们看着，眨眨眼，再看，因为在那里，在他们面前的草地上，站着那尊大理石小石像。大理石海豚抱在他的手里，台座上却空了。

老先生张大了嘴。接着他把嘴闭上，又张开。

"呃……是你说话了？"他最后说，眉毛到了头顶。

"我当然说话了！"那男孩回答，"我正在你身后读着……"他指指那空了的台座，"你把书合得太快。我想读这个象的故事，看看它怎么得到它的象鼻子。"

"噢，对不起，"老先生说，"我没想到……呃……这样的事。你知道，我一向读到 4 点。我得回家吃茶点。"

他站起来折好手帕，捡起他那顶大礼帽。

"那么，现在你读完了，"男孩安静地说，"你可以把书给我啦！"

老先生倒退一步，把书捂在胸前。

"噢，我想我不能，"他说，"你看，我刚把它买来。我小时候就想读这本书[1]，可是总让大人先拿走了。现在我有了一本自己的，实在觉得必须把它保存着。"

他不放心地看那石像，像是怕他随时会把书抢走。

[1] 这本书指的是英国大作家吉卜林 (1865—1936) 写的童话集。

"我可以把象童的故事讲给你听……"简难为情地对那男孩喃喃说。

那男孩抱着他那只海豚打转。

"噢，简……你真能讲给我听？"他惊奇地叫道。他那张大理石脸高兴得放光。

"我能给你讲黄狗丁戈，"迈克尔说，"还有跺脚的蝴蝶。"

"不行！"老先生忽然说，"我在这里衣冠楚楚，可他赤身露体。我想我还是把书给他吧！"他叹了口气，加上一句："我注定没有这本书。"

他对书看了长长的最后一眼，把它塞给大理石男孩，赶紧转过身。可是那海豚扭动身子，他注意到了，又向男孩回过身来。

"不过，"他好奇地说，"我不知道你是怎样捉到这只海豚的，你用什么——钓鱼丝还是网？"

"两样都不用，"男孩微笑着回答说，"是我出生的时候有人送给我的。"

"哦……我明白了。"老先生点点头，虽然看上去他还是莫名其妙。"好吧……我必须走了。再见！"他有礼貌地举了一下那顶黑色大礼帽，顺着小路匆匆走了。

"谢谢你！"大理石男孩在他后面叫道，同时急着把书打开。书的扉页上用细长字体写着："威廉·韦瑟罗尔·威尔金"。

"我要划掉这个名字，改成我的名字。"那男孩对简和迈克尔高兴地微笑。

"可你叫什么名字呢？你怎么会读的？"迈克尔十分惊奇

地叫道。

"我叫内莱乌斯，"男孩哈哈笑着说，"我当然是用我的眼睛读！"

"可你只是尊石像！"简顶他说，"石像通常不走路不说话。你怎么下来的？"

"我跳下来的，"内莱乌斯回答说，扬扬他的大理石鬈发，又微笑起来，"我没读完那个故事，失望极了，可我的两只脚忽然发生了变化。它们先是扭动，接着跳起来，接下来我发现，我已经在下面的草地上了！"他弯起他那些大理石小脚趾，在地上跺他的大理石脚，"噢，人真幸运，能够每天这样做！我经常看到你们，简和迈克尔，我真希望能来和你们一起玩。我的希望如今终

于实现了。噢，告诉我，你们看到我高兴吧！"

他用大理石手指摸他们的脸，在他们周围跳舞，高兴得咕咕叫。他们还没来得及说句话欢迎他，他已经像只野兔那样奔到湖边，把手插到水里去。

"就是这样……水就是这种感觉！"他叫道，"那么深，那么蓝……跟空气一样轻盈！"他朝闪亮的湖探出身去，海豚尾巴一晃，从他的怀里扑通一声跳到了水里。

"捉住它！它要沉下去的！"迈克尔连忙大叫。

可海豚不是这么回事。它环着湖游，它拍水，它潜下去咬住自己的尾巴，腾空跳起来，又潜下去，就像在马戏团里表演的那样。最后它又水淋淋地跳到它主人的怀里，孩子们不由得拍起手来。

"舒服吗？"内莱乌斯羡慕地问道。海豚咧嘴笑笑，点点头。

"舒服！"他们后面一个熟悉的声音叫道，"我说这是淘气！"

玛丽阿姨正站在湖边，她的眼睛和她的缝衣针一样闪亮。内莱乌斯轻轻叫了一声跳起来，在她面前低下头。他等着听她说话，看上去他又小又怕羞。

"请问谁说过你可以下来？"她的脸一副气呼呼的老样子。

他像做了错事似的摇摇头。

"没有人说过，"他咕噜道，"是我的脚自己跳下来了，玛丽阿姨。"

"那它们最好再立刻跳上去。你没有权利离开你的台座。"

他仰起他的大理石脑袋，阳光照亮了他破了一点儿的小鼻子。

"噢，我不能在下面待一会儿吗，玛丽阿姨？"他求她说，"让我待一会儿，跟简和迈克尔玩玩吧！你不知道在上面有多么寂寞，只有小鸟可以谈谈！"老实的大理石眼睛在求她。"求求你，玛丽阿姨！"他握住他的大理石双手，温柔地小声说。

她低头想了一会儿，像是在拿主意。接着她的眼睛温和下来，嘴上露出一丝微笑，嘴角起了皱纹。

"好吧，就这个下午！"她说，"就这一次，内莱乌斯！下不为例！"

"再不下来了……我保证，玛丽阿姨！"他调皮地咧开嘴对她笑。

"你认识玛丽阿姨？"迈克尔问道，"你在什么地方见过她？"他想知道，觉得有点妒忌。

"我当然认识她！"内莱乌斯大笑着说，"她是我爸爸的老朋友。"

"你的爸爸是谁？他在什么地方？"简好奇得忍不住问道。

"在很远很远的地方。在希腊群岛。他是海王。"内莱乌斯说时，他的大理石眼睛慢慢地充满忧伤的神情。

"他做什么事？"迈克尔问道，"他进城上班吗——像我爸爸那样？"

"噢，不！他哪儿也不去。他站在大海上空的悬崖上，拿着他的三叉戟，吹他的号角。我妈妈坐在他身边梳头发。我弟

弟珀利阿斯在他们脚下玩大理石贝壳。海鸥不停地在他们的头顶上飞过，在他们的大理石身体上投下黑影，告诉他们海港的消息。白天他们看着红色的航船进出海湾，夜里他们谛听下面酒那么黑的海水拍岸声。"

"多么美啊！"简叫道，"可你为什么离开他们呢？"

她心里说，她永远不会把班克斯先生、班克斯太太和迈克尔单独留在希腊悬崖上的。

"我并不想离开，"大理石男孩说，"可是一尊石像，又有什么办法和人对抗呢？他们总是来盯住我们看——看我们，端详我们，捏我们的手臂。他们说我们是很久以前一位非常有名的雕刻家雕出来的。有一天一个人说："我要拿走他！"——他指着我。于是……我只好离开。"

他把眼睛藏到海豚的鳍后面一会儿。

"后来发生什么事了？"简问道，"你怎么来到了我们的公园？"

"用箱子装来的，"内莱乌斯平静地说，看见他们惊异的样子，哈哈大笑，"噢，我们总是用这种方式航行的，你们知道。很多人需要我们一家人。他们要把我们放到公园、博物馆或者花园里。因此他们买我们、托邮局装运。他们似乎从未想过我们会……寂寞。"他说到这个字眼时顿了一下。接着他庄严地抬起头。"不过让我们别去想这个吧！"他叫道，"自从你们两个来了以后，情况就好多了。噢，简和迈克尔，我太熟悉你们了——就像你们是我的家人一样。我知道迈克尔的风筝和指

南针、瓷碗，还有罗伯逊·艾，以及你们吃的东西。你们没有注意到我在听你们说话吗？我在你们背后读你们的童话书。"

简和迈克尔摇摇头。

"《爱丽丝漫游仙境》我背都背得出来，"他说下去，"《鲁滨孙漂流记》我大部分也记住了。玛丽阿姨最爱读的书是《淑女须知》。不过最好看的书是彩色连环漫画，特别是一本叫《漫画故事杂志》的。这个礼拜老虎蒂姆出什么事了？它平安地从莫普西叔叔那儿逃脱了吗？"

"新的一本今天出版，"简说，"我们来一起看！"

"噢，天哪！我太高兴了！"内莱乌斯叫道，"象童和新的一期《漫画故事杂志》！我的腿脚像鸟的翅膀一样要飞起来了。我不知道我的生日是哪一天，不过我想一定是今天！"他抱着海豚和那本书，在草地上蹦跳。

"喂！丁零零！小心走路，看你走到哪儿来了！"卖冰淇淋的大声警告说。他正推着他的车子沿着湖边走。车子前面写着：

请叫我停下买个冰淇淋！

天气多么好啊！

"停下！停下！停下！停下！"孩子们拼命大叫着向冰淇淋车奔去。

"要巧克力的！"迈克尔说。

"要柠檬的！"简大叫。

一对双胞胎胖宝宝伸出了手，给什么他们快活地拿什么。

"那么你呢？"卖冰淇淋的问难为情地站在他身边的内莱乌斯。

"我不知道吃什么好，"内莱乌斯说，"我从来没有吃过。"

"什么！这么好吃的东西从来没有吃过？这是怎么回事……肚子不好吗？像你这么大的孩子，对冰淇淋应该什么都知道！给你这个吧！"卖冰淇淋的从他的车里拿出一块紫莓雪糕，"把这个拿去试试，看喜欢不喜欢！"

内莱乌斯用他的大理石手指把雪糕掰开。半块塞到海豚嘴里，自己开始舔另外半块。

"好吃，"他说，"比海藻好吃多了。"

"海藻？那还用说！有什么海藻能和这个比？不过……说

到海藻，那是很好的一条大鳕鱼！"卖冰淇淋的对海豚挥动他的手，"如果你把它送到鱼贩子那里，你可以拿到一大笔钱。"

海豚摆摆它的尾巴，一脸生气的样子。

"噢，我不想卖它，"内莱乌斯赶紧说，"它不仅是一种动物，而且是一个朋友！"

"一个动物朋友！"卖冰淇淋的说，"它为什么不告诉你把你的衣服穿上？你光着身子东奔西跑，会伤风感冒送命的。我可没有恶意！丁零零！"他吹着口哨摇着铃，推车走了。

内莱乌斯用眼角看看孩子们，三个人哈哈大笑起来。

"噢，天哪！"内莱乌斯喘着气叫道，"我相信他以为我是个真人！要我跑去告诉他他错了吗？告诉他我两千年来没穿过衣服，可喷嚏也没打过一个？"

他正要跑去追冰淇淋车，迈克尔叫了一声。

"小心！威洛比来了！"他叫着把吃剩的冰淇淋一口吃了下去。

因为拉克小姐的小狗威洛比有一个习惯，它会向孩子们跳起来，从他们手里抢走吃的东西。它粗鲁下流，不尊重任何人。对于一只半是艾尔谷犬血统半是寻回犬血统，又继承了两者最坏部分的狗来说，你又能祈望什么呢？

它来了，伸出舌头，在草地上懒懒散散地走过来。另一只狗安德鲁和威洛比就不相同，出身好，它在威洛比后面姿态优美地走着。拉克小姐上气不接下气地跟在它们后面。

"就是在吃茶点前出来转转，"她尖声说道，"这么好的天气，

两只狗一定要……天哪，我看见什么了？"

她喘着气叫起来，盯着内莱乌斯看。她那张已经红了的脸更红了，样子看上去极其生气。

"你这淘气的小坏蛋！"她叫道，"你把这条可怜的鱼怎么啦？你不知道它离开了水会死吗？"

内莱乌斯抬起大理石眉头。海豚把尾巴甩过来遮住它大理石的笑。

"你看见吗？"拉克小姐说，"它正在难受得扭身体！你必须马上把它放回水里去！"

"噢，我不能这样做，"内莱乌斯马上说，"离开了我，我怕它会寂寞的。"他对拉克小姐很有礼貌。可是海豚不，它非常没有礼貌地拍打尾巴，扭动身体，咧开嘴笑。

"别回嘴了！鱼是不会寂寞的。你只是强词夺理，胡说八道。"

拉克小姐向那张绿色长椅做了个生气的手势。

"我想，玛丽·波平斯，"她说，"你该看好这些孩子！这个淘气的孩子，不管他是谁，必须把那条鱼放回它该去的地方。"

玛丽阿姨看看拉克小姐，表示赞同："只是我怕这根本不可能，小姐。它该去的地方太远了。"

"远也好，近也好，他必须马上把它放回去。这是虐待动物，不允许的。安德鲁和威洛比……你们跟我来！我这就去向市长大人告状！"

她匆匆走了，两只狗紧跟在她后面。威洛比跑过的时候，粗鲁地看了海豚一眼。

"再叫他把衣服穿上。他这样光着身子乱跑，会晒伤的！"拉克小姐一面跑开一面尖叫。

内莱乌斯笑了一声，在草地上打滚。

"晒伤！"他呛住了，"噢，玛丽阿姨，真没有人想到我是大理石的吗？"

"哼！"玛丽阿姨哼了一声作为回答。内莱乌斯向她调皮地笑笑。

"这是海狮说的话！"他说，"它们坐在岩石上，对落日说：'哼！'"

"真的？"玛丽阿姨尖刻地说。简和迈克尔浑身发抖，等

着一定会发生的事。可是什么事也没有发生。她的脸回他一个调皮的样子，她那双蓝色眼睛和他那双大理石眼睛相对微笑。

"内莱乌斯，"她平静地说，"你还有 10 分钟。你可以和我们一起到书亭去。"

"然后……"他用询问的眼光说，同时双臂抱紧了海豚。

她没有回答。她望过闪闪烁烁的湖面，向那台座点点头。

"噢，他不能多待一会儿吗，玛丽阿姨……"孩子们开始反对。可是这着急的问话在他们嘴唇上冻结了，因为玛丽阿姨在怒视着他们。

"我说了，10 分钟，"她说，"10 分钟就是我的意思。你们两个不用这样看我，我不是一只可怕的猩猩。"

"噢，不要争了！"内莱乌斯叫道，"我们一秒钟也不能浪费！"

他跳起来抓住简的手。"快带我到书亭去吧！"他说。他拉她走过阳光照耀的草地。

在他们的后面，玛丽阿姨把双胞胎抱进童车，和迈克尔一起急忙跟着走。

简和大理石男孩轻快地跑过夏天的草地。他的鬈发和她的头发迎风飘扬，她热烘烘的呼吸吹到他大理石的脸颊上。在她这个活生生的人的温柔的手里，他的大理石手也暖和起来了。

"这边走！"她叫着，抓住他的手臂，把他拉到酸橙树大路上。

大路头上是另一头的公园大门，那儿有一个漆得鲜艳的书亭。它上面钉着一个醒目的牌子：

亭。它上面钉着一个醒目的牌子：

福利先生书亭

专营书刊报纸

你们要买的书报

我这里都有

书亭周围挂满五颜六色的杂志。当孩子们跑到那里时，福利先生把头从杂志间的一条缝里探出来。他有一张懒洋洋的安详的圆脸，看上去像世界上什么东西都不能打扰他似的。

"哎呀，这不是简·班克斯小姐和朋友嘛！"他和气地说，"我想我猜得出你们来干什么！"

"晚报和《漫画故事杂志》。"简喘着气说，把钱给他。

内莱乌斯抓住那本五彩漫画杂志，很快地翻起来。

"老虎蒂姆跑掉了吗？"迈克尔在他们后面上气不接下气地奔上来，叫着问道。

"是的，它跑掉了！"内莱乌斯欢声叫道，"听我说！老虎蒂姆逃脱了莫普西叔叔的魔掌。它和狗脸老人的新历险故事，下星期见老虎蒂姆的另一个故事！"

"万岁！"迈克尔叫道，要从海豚背后看看图画。

福利先生看着内莱乌斯很感兴趣："孩子，你抱着的是条漂亮小鲸鱼！看上去几乎像人一样懂事。你在哪里捉到它的？"

"我没有捉它，"内莱乌斯说，"是送给我的。"

"想想吧，真是一个好宠物！那么你是打哪儿来的？你妈妈呢？"

"她在离这儿很远的地方。"内莱乌斯认真地答道。

"太糟了！"福利先生摇摇头，"爸爸也不在这里吗？"

内莱乌斯微笑着点头。

"真是的！天哪，那么你一定很孤单寂寞！"福利先生看看他大理石的身体，"我想一丝不挂的，很冷吧！"他在口袋里弄出乒乒乓乓的声音，向内莱乌斯伸出了手。

"给你！去买点衣服穿吧。不能走来走去什么也不穿。你知道，会得风湿病的！或者生冻疮！"

内莱乌斯望着手里的银币。

"这是什么？"他好奇地问道。

"这是半克朗，"福利先生说，"别说你从未见过吧！"

"对，我是从未见过。"内莱乌斯笑着说。海豚也好奇地看着这枚银币。

"唉，我说啊，你这可怜的小家伙！赤身露体，又从未见过一枚半克朗的银币！应该有人关心你才对！"福利先生责怪地看着玛丽阿姨。她生气地回看他一眼。

"有人在关心他，谢谢你！"她说。她说时解开她白色新上衣的纽扣，把它披到内莱乌斯肩上。

"好了！"她生硬地说，"你现在不会冷了。这可不谢你，福利先生！"

内莱乌斯从衣服看到玛丽阿姨，他的大理石眼睛睁大了。"你是说……我可以一直保留着它吗？"他问道。

玛丽阿姨点点头，把眼睛移开。

"噢，亲爱的宝贝海狮……谢谢你！"他叫着，用大理石双臂抱她的腰，"你看我，简，我穿着我的新衣服！你看我，迈克尔，我有漂亮的纽扣。"他逐个跑过去给他们看他的新衣服。

"不错，"福利先生满脸堆笑说，"这样好多了！那半克朗可以买条很好的裤子……"

"今夜不买了，"玛丽阿姨打断他的话，"我们已经晚了。现在我们快步走，回家去，请大家不要磨蹭。"

当她推着童车沿酸橙树大路走的时候，太阳很快地西下。公园尽头的乐队不再演奏了。那些花伞都已经回家。树木在阴影中一动不动。哪儿也看不见公园管理员。

简和迈克尔走在内莱乌斯两边，用手挽住他的大理石手臂。在两个真人孩子和那个大理石孩子之间笼罩着寂静。

"我爱你，内莱乌斯，"简轻轻地说，"我希望你能永远和我们在一起。"

"我也爱你，"他微笑着回答，"可我答应过必须回去。"

"我想你能把海豚留下来吧？"迈克尔抚摸着海豚的鳍说。

简生气地看他。

"噢，迈克尔……你怎么能这样自私！你会高兴在一个台座上独自一人过一辈子吗？"

"我会很高兴……如果我能有海豚，又能把玛丽阿姨叫海

狮！"

"我告诉你吧，迈克尔！"内莱乌斯马上说，"我不能把海豚给你——它是我的一部分。不过那半克朗不是。我把它给你。"他把那钱塞到迈克尔手里。"那书必须给简，"他说下去，"不过简，你必须发誓，你让我在你后面读它。每星期你必须坐到那长椅子上给我看新的《漫画故事杂志》。"

他把书最后看了一眼，塞到简的胳肢窝里。

"噢，我保证，内莱乌斯！"简真诚地说，用手在心口画了个十字。

"我会等你的，"内莱乌斯温柔地说，"我永远永远不会忘记。"

"走吧，别叽叽咕咕说话了！"玛丽阿姨催他们说，拐弯向湖边走去。

童车一路上叽叽嘎嘎响。可是在车轮的叽嘎声中响起一个更响的熟悉的声音。他们踮起脚跟着玛丽阿姨朝幽暗的湖水那儿走去。

"我没干过！"那声音抗议说，"给我钱我也不会干！"

湖边空了的台座旁站着市长大人和他的两个高级官员。在他们面前是公园管理员，他又挥手又叫喊，举动古怪。

"不是我干的，市长大人！"他哀求说，"我可以盯着你的眼睛这么说！"

"废话，史密斯！"市长大人强硬地说，"公园里的塑像归你管。只有你能这么干！"

"你还是坦白承认了吧！"一个官员劝他。

"这样当然救不了你，"另一个官员说，"不过你可以感觉好得多。"

"可是我没干啊，我跟你们说过了！"公园管理员拼命地握住双手。

"别再赖了，史密斯。你在浪费我的时间！"市长大人不耐烦地摇头，"首先，我要去找一个赤身露体的男孩，听说他虐待一条什么该死的鱼。一条三文鱼，这是拉克小姐说的……也许是条比目鱼？好像这还不够，现在我发现我们那些塑像中最贵重的一尊从它的台座上不见了。我又震惊又难受。我一向信任你，史密斯。瞧你怎么报答我！"

"我在找，我是说，我不用找！噢，我不知道我在说什么，天哪！可我的确知道我从未碰过那尊像！"

公园管理员拼命朝四面八方看，想求救，他的眼睛落到了玛丽阿姨身上。他得意非凡地大叫一声，用指责的样子伸出一只手。

"市长大人，那犯罪的一伙来了！是她干的，要不然就砍掉我的头！"

市长大人看看玛丽阿姨，又回过头来看公园管理员。

"我真为你害臊，史密斯！"他难过地摇摇头，"把罪名加到一位深受尊敬的无辜小妇人身上，她只是下午出来散散步！你怎么可以这样呢？"

他彬彬有礼地向玛丽阿姨鞠躬，玛丽阿姨报以嫣然一笑。

"无辜！她！"公园管理员尖叫道，"你知道你在说什么吗，市长大人！那姑娘一到公园，这地方就开始乱套了。旋转木马飞上天空，人在风筝和烟火上降落到地面，首相悬在气球上晃晃荡荡——全都是你干的——你这卡利班[1]！"他对玛丽阿姨拼命摇动拳头。

"可怜的家伙！可怜的家伙！他发神经了！"第一位官员难过地说。

"我们也许最好弄来手铐。"第二位官员紧张地悄悄说。

"随便你们把我怎么样！吊死我吧，干吗不呢？反正这事不是我干的！"公园管理员伤心透顶，用身体去撞台座，呜呜地哭。

玛丽阿姨转身向内莱乌斯示意。他用大理石脚跑到她身边，把头轻轻靠在她身上。

"时候到了吗？"他抬头悄悄地问道。

她马上点点头，接着弯腰抱住他，亲亲他的大理石额头。一时之间，内莱乌斯紧紧抱着她，好像永远不肯放开她似的。接着他脱开身来，忍住哭泣。

"再见，简和迈克尔。不要忘记我！"他把他冰冷的脸贴到他们的脸上。他们还没来得及说话，他已经在阴影之间跑掉，向他的台座跑去！

"我运气从来没好过！"公园管理员哀叫，"从小就没好过！"

---

[1] 卡利班是莎士比亚剧本《暴风雨》中一个凶残的仆人。

内莱乌斯

"你现在也好不了，伙计，除非你把那石像放回去。"市长大人用愤怒的眼光看着他。

可是简和迈克尔既不看公园管理员，也不看市长大人，他们在看一个鬅毛头出现在台座那边。

内莱乌斯拉着他的海豚爬上台座。他的大理石雪白身体在暗下来的阳光中闪亮耀眼。接着他带有半是高兴半是难过的姿势，举起一只大理石小手向他们挥手告别。当他们挥手应和他时，他似乎要发抖，也可能是眼泪盈眶。他们看着他把海豚拉到身边，那么紧密，它的大理石身体和他的大理石身体合二为一了。然后他用一只大理石手抹平他的鬅发，垂下他的头，再也不动。连玛丽阿姨那件白夹红的上衣似乎也变成了没有生命的大理石。

"我没有拿走它，就没有办法把它放回去！"公园管理员继续哭叫。

"现在你听我说，史密斯……"市长大人开口。可就在这时候，他倒抽一口冷气，一只手按住额头，左摇右晃。"我的天哪！它回来了……"他叫道，"它有点不同了！"

他更靠近点看那石像，哈哈大笑起来。他摘下帽子拼命挥它，还拍拍公园管理员的背。

"史密斯……你这捣蛋鬼！这么说这是你的秘密！你为什么事先不告诉我们，我的伙计？这的确是一个惊喜！好了，你现在用不着假装了……"

公园管理员惊讶得说不出话来，他抬起了头，凸出眼珠盯

住内莱乌斯看。

"先生们！"市长大人转向两位官员，"我们应该感到十分抱歉，冤枉了这个可怜的人。他已经证明，他不仅是社区的优秀仆人……还是一位艺术家。你们看见他给石像做了什么吗？他给石像加上了一件大理石上衣，有粉红色的衣领和袖口。我觉得这样让它完美得多，史密斯！我一向不赞成裸体塑像。"

"我也不赞成！"第一位官员摇头说。

"当然不赞成！"第二位官员说。

"不要怕，我亲爱的史密斯，你将得到奖赏。从今天起，你的薪金增加一先令，袖子上加一条杠。下次去向国王陛下汇报时，我要向他提到你。"

市长大人向玛丽阿姨很有礼貌地又鞠了个躬，然后庄严地大步离开，后面跟着他的两位谦卑的官员。

公园管理员看上去好像不知道自己是头着地还是脚着地，傻傻地看着他们。接着他把鼓起的眼睛转向石像，重新盯着它看。大理石男孩和他的大理石海豚低头看着湖水沉思。他们像以往那样一动不动，静悄悄的。

"现在回家去吧，回家去吧，立刻！"玛丽阿姨举起一个通知孩子们的指头，孩子们没有二话，跟着就走。那半克朗在迈克尔手掌里又烫又亮又硬。那本书夹在简的胳肢窝里，凉得像内莱乌斯的大理石手。

顺着大路，他们默默地大步走，暗暗想着自己的心事。很快，在他们后面的草地上传来脚步声。他们回过头去，看到公园管

理员步子沉重地向他们跑来。他已经脱下上衣，挂在他的手杖上，像挥舞一面蓝红旗子那样挥舞着它。他喘着气赶到童车旁边，把上衣递给玛丽阿姨。

"把这个拿去吧！"他上气不接下气地说，"我刚去看了后面那男孩。他穿着你的上衣——有四颗粉红色扣子的。天冷了，你需要一件上衣。"

玛丽阿姨平静地接过上衣，披在肩上。擦亮的铜纽扣上她自己的影子高傲地对她微笑。

"谢谢你。"她一本正经地对公园管理员说。

他穿着他的衬衫站在她面前，把头摇得像只觉得莫名其妙的狗。

"我想你明白这一切是怎么回事吧？"他渴望着说。

"我想我明白。"她得意地回答。

她没有再说话，把童车轻轻一推，让它经过他走了。他仍旧在她后面看着，抓着头，看着她出了公园大门。

班克斯先生下了班正在回家的路上，当他们穿过胡同时，他向他们吹了声口哨。

"你好，玛丽·波平斯！"他跟她打招呼说，"你穿着这件蓝夹红的上衣，神气极了！你参加了救世军吗？"

"没有，先生。"她一本正经地回答说。她看他的眼光显然表示她不打算解释。

"是公园管理员的上衣。"简赶紧告诉爸爸。

"他刚给她的。"迈克尔加上一句。

"什么……史密斯？他把他的制服上衣给了她？为什么？"班克斯先生叫起来。

可是简和迈克尔一下子闭口不言。他们可以感觉到玛丽阿姨那洞察一切的眼睛像钻子一样钻穿了他们的后脑勺。他们不敢说下去。

"好吧，没关系！"班克斯先生平静地说，"我想她做了什么好事，应该得到它。"

他们点点头。可是他们知道，他永远不会明白她做了什么事，

哪怕他活到 50 岁！他们从他身边走过，通过花园小径，各自把银币和书拿好。

他们一边走，一边想着送给他们这些礼物的孩子，那在公园里蹦蹦跳跳、玩了短短一个小时的大理石男孩。他们想到，他如今孤零零一个人站在台座上，一条手臂亲热地抱住他的海豚——永远一声不响，永远一动不动，脸上可爱的亮光消失了。黑暗将在他头上落下来，星夜将笼罩着他。他将独自一人骄傲和寂寞地站在那里，低头凝视着小湖的水，梦想着大海和他那遥远的家。

第五章

薄荷糖马

"哎呀呀！"班克斯先生哇哇大叫，乱拨着前厅那个做成象腿形状的桶里的那些雨伞。

"这一回又发生什么事了，乔治？"班克斯太太在厨房楼梯角叫着问他。

"有人把我的手杖都拿走了！"班克斯先生那声音像是一只受伤的老虎。

"它们在这里，先生！"玛丽阿姨从儿童室下来，一只手拿着一根银头乌木手杖，另一只手晃着一根圆头弯柄灰栟木手杖。她一句话不说，样子十分高傲，把它们交给班克斯先生。

"噢！"他大吃一惊说，"你要它们干什么啊，玛丽·波平斯？

我希望你的腿没伤！”

“没有，谢谢你，先生！”她哼了一声说。听她傲慢的声音就知道，班克斯先生得罪了她。腿伤，什么话！好像她的腿或者什么地方会出毛病似的！

“是我们！”简和迈克尔一起从玛丽阿姨身后朝他们的爸爸偷看着。

“你们！你们的胖腿怎么啦？它们瘸了还是怎么的？”

“不是这么回事，”迈克尔坦白地说，“我们将手杖当马骑。”

“什么！我叔公赫伯特的乌木手杖和我在教堂集市赢回来的手杖！”班克斯先生简直不相信自己的耳朵。

“我们没有东西骑啊！”简咕噜了一声。

“为什么不骑木马呢——那亲爱的老多宾？”班克斯太太从厨房叫起来。

“我讨厌老多宾。它摇起来叽嘎叽嘎响！”迈克尔说，他对他的妈妈跺脚。

“老多宾只会摇，又不会跑。我们要真的马！”简抗议说。

“我想我还得给你们马！”班克斯先生在下面前厅气呼呼地走过来走过去，“一天三顿饭还不够！温暖的衣服和鞋子不算数！现在你们要马！哼，马！你断定你们不要骆驼？”

迈克尔用伤心的表情看着他的爸爸。他想，真的，他的举动多么吓人啊！可是他只是耐心地说：“不，谢谢，只要马就行了！”

“好吧，等月亮变蓝色，你们会得到它们的。这一点我可以向你们保证！"班克斯先生很凶地说。

"月亮什么时候变蓝色呢？"简问道。

班克斯先生生气地瞪她。他想："我生出多么笨的孩子啊，连话的意思都听不懂！"

"噢……大约一千年一次吧。如果你运气好——一辈子碰到一次！"他气呼呼地说着，把乌木手杖插回象腿桶里去，把灰梣木手杖挂在臂弯里，就进城去了。

玛丽阿姨微笑着看他走。这是一个古怪的、神秘的微笑，孩子们想，这是什么意思呢？

班克斯太太急忙从厨房楼梯上来。"噢，天哪！玛丽·波平斯，你看怎么办，拉克小姐的威洛比刚才进来，把童车的一个轮胎啃掉了！"

"是的，太太，"玛丽阿姨平静地回答说，好像威洛比做的事，没有一件能让她奇怪似的。

"可我们怎么出去买东西呢？"班克斯太太几乎要哭出来了。

"我实在说不出，"玛丽阿姨把头一扬，好像狗也好童车也好，跟她没关系。

"噢，我们一定要出去买东西吗？"简咕噜说。

"我讨厌走路，"迈克尔生气地说，"我断定这对我的健康没有好处。"

班克斯太太不听他们的。"也许，玛丽·波平斯，"她紧

张地建议说，"你今天可以把安娜贝儿留在家，带罗伯逊·艾去拿大包小包。"

"他正在手推车里睡觉。"简告诉她们说。刚吃完早饭她朝窗外看到，罗伯逊·艾正在早休。

"他不会在那里很久的。"玛丽阿姨说。她到外面花园去。

她说得对。他没在那里很久。她一定说了什么毒咒，因为当孩子们跟着她到花园小径的时候，罗伯逊·艾已经在花园大门口等着了。

"请你们跟上，别磨磨蹭蹭！这不是乌龟大游行。"玛丽阿姨把双胞胎一手拉住一个，催他们在她两边快走。

"一天又一天，老是一个样。我从来得不到一点儿安宁。"罗伯逊·艾打了一个忍不住的哈欠，把他的帽子交给简拿，自己在她身边跌跌撞撞地走。

玛丽阿姨沿市中心大街一路大步走，不时在橱窗前顾影自怜。

她的第一站是特林莱特先生卖五金和园艺工具的店。

"一个老鼠夹子！"她进门就看班克斯太太的购物单，高傲地说了一句。

特林莱特先生是个紫脸膛的瘦子。他正坐在柜台后面，帽子歪戴在后脑上。晨报像中国屏风那样挡住他。

"只要一个吗？"他从这"屏风"边上探出头来看玛丽阿姨，粗鲁地问道。"对不起，小姐！"他斜眼看了一眼说，"我可不愿意为了一个老鼠夹子动来动去！"他摇摇头，正要转过脸去，

一下子看到她脸上的表情，他那张紫脸马上变成丁香色。

"我只是开个玩笑，"他连忙说，"没得罪的意思！只要你要，半个夹子我也卖给你，不要说再附送一片美美的干酪了。"

"一个碎肉机。"玛丽阿姨盯住他说。

"为了运气，我要扔进去一磅牛肉。"特林莱特先生急忙说。

玛丽阿姨不睬他。

"半打锅盆清洁剂，一罐蜂蜡，一根地板拖把。"她很快地读出来。

"布置房子吗？"特林莱特先生一面打包一面紧张地微笑着问道。

"一包钉子和一个园艺耙子。"她说下去。她看穿他的紫脸，好像它是玻璃做的。

"来点木屑怎么样？"他问，"万一小鸡把地弄脏呢？"

玛丽阿姨转过身来。简、迈克尔和双胞胎舒舒服服地坐在一个棕色大袋子上，他们的重量已经把一股木屑从袋子里压到地板上。玛丽阿姨眼睛发亮。

"你们再不马上站起来……"她开始说。她的声音这么可怕，他们不等她把话说完，已经跳了起来。早已倒在一个花园滚轧机上睡着的罗伯逊·艾惊醒了，开始收拾大包小包。

"我们只不过歇歇脚……"迈克尔要说下去。

"再说一个字，你就歇到床上去！我警告你！"玛丽阿姨凶巴巴地告诉他。

"我不收钱。"特林莱特先生急忙把木屑扫起来，"既然

是你！"他连忙加上一句，仍旧尽力用讨好的口气说话。

玛丽阿姨用看不起的目光瞧了他一眼。

"你的鼻子上有油漆。"她平静地说了一声，神气地走出了他的店。

接着她像股强大的旋风似的快步在大街上走。孩子们和罗伯逊·艾在她后面像彗星尾巴那样跟着转。

到了面包店，她买了一个大面包、两盒饼和一些姜汁饼干。

"不用管我。"当她把它们堆到罗伯逊·艾的怀里时，他叹着气说。

"我不会的。"她快活地回答一声，急急忙忙上蔬菜水果店去买豌豆、大豆和樱桃。

"最后一根稻草压断骆驼的背。"当她把它们扔到罗伯逊·艾怀里时，他说。

"话是这样说！"她冷笑一声回答说，把她的购物单再读一遍。

下一站是文具店，她在那里买了一瓶墨水。接着她到药店买了一包芥末粉。

现在他们已经走到大街的尽头。可玛丽阿姨仍旧不停步。孩子们相互看看，叹了口气。已经没有店了，她要上哪里去呢？

"噢，亲爱的玛丽阿姨，我的两条腿要断了！"迈克尔一瘸一瘸可怜巴巴地说。

"我们不能这就回家吗，玛丽阿姨？我的鞋子破了！"简抱怨说。

双胞胎开始像一对苦恼的小狗崽子那样哼哼唧唧。

玛丽阿姨厌恶地看看他们。

"你们就是一群软弱无用的东西,一群海蜇!你们连脊梁也没有!"

她把购物单往她的包里一塞,看不起他们似的哼了一声,急忙在路口拐弯。

"海蜇在水里游,"迈克尔生气地说,"海蜇不用买东西!"他累得几乎不管玛丽阿姨听见他的话没有。

公园里吹来微风,充满早晨的香气。有月桂叶和青苔气味,还夹点别的什么东西的熟悉的气味。那是什么东西呢?简拼命地闻着空气。

"迈克尔!"她悄悄地说,"我闻到了薄荷味!"

迈克尔像只生气的小狗那样闻着。

"嗯,"他同意说,"我也闻到了!"

接着他们双双注意到一把红绿条子的太阳伞。它撑在公园朝市区一边的铁栏杆旁边。它旁边靠着一块白色大牌子,上面用黑色大字写着:

卡利科小姐

糖果摊

有马出租

那把红绿条子太阳伞底下，坐着一位他们从未见过的最奇怪的小个子女人。他们起先看不清那是什么，因为它像钻石一样闪闪发光。接着他们才看到这是一位上岁数的小个子女人，她有一张皮草似的黄色瘦脸，一头鬃毛似的白色短发。亮光来自她的衣服，从领子到裙边全别着别针，它们像刺猬的刺那样竖起来，她身体一动，它们就在阳光中闪烁。她一只手拿着一根马鞭，不时挥动着它让路人看。

"薄荷糖！价钱便宜！全是用最好的砂糖做的！"马鞭噼啪抽响的时候，她用低低的嘶叫声吆喝。

"来吧，迈克尔！"简忘了有多累，兴奋地说。

他抓住她的手，让她把他朝那条纹太阳伞那儿拉去。等到他们走近那闪光的女人，他们看到的东西让他们想吃了，因为在她旁边有一个陶罐，上面插满了薄荷糖手杖。

那小老太婆抽响着马鞭唱道：

> 砂糖加薄荷，
> 味道真不错！
> 价钱很便宜，
> 千万别错过！

就在这时候她转过头来，看到了这几个来人。她的黑眼睛像黑色小葡萄干一样闪亮起来，伸出一只鸟爪子似的手。

"哎呀，我怎么也不会想到！你不是玛丽·波平斯吗？我

已经有一个月那么多的星期二没见你了！"

"我也是，卡利科小姐！"玛丽阿姨很有礼貌地回答。

"很好，我们又要玩一场了！"卡利科小姐说。"如果你明白我的意思！"她咧嘴笑着加上一句。接着她明亮的黑眼睛落到孩子们身上。

"哎呀，天哪！四张多么苦的脸啊！爱发脾气，伤了自己！你们看上去全像丢了什么似的！"

"丢了他们的好心情。"玛丽阿姨无情地说。

卡利科小姐抬起眉头，满身的别针开始闪烁。

"气呼呼的小蝌蚪，想想吧！丢掉的东西一定要找回来——这是规矩！好，你们把它丢到哪儿了？"

那双小黑眼睛从这一个孩子看到那一个孩子，他们全觉得自己有过错。

"我想一定是丢在市中心大街上了。"简用压抑的低声说。

"啧啧啧！在那么远的地方？请问你们为什么把它丢掉了？"

迈克尔拖着他的脚走过来，脸红了。"我们不想再走路……"他难为情地开始说。可这句子再也没有说完，因为卡利科小姐很响地嘎嘎叫了一声，打断了他的话。

"谁爱走路？谁爱走路？我倒想知道！没有人愿意走个没完。给我钱我也不走。给我一袋红宝石我也不走！"

迈克尔看着她。这是真的吗？他终于找到一个大人，她对于走路跟他有同感吗？

"我都已经好几个世纪没有走路了，"卡利科小姐说，"不仅如此，我家没有一个人走过。什么——用两个平脚板踏在地上？他们会认为这有失体统！"她抽了一下马鞭，向孩子们摇摇一个指头，全身的别针闪烁起来。

"听我的话吧，要骑马。走路只会让你长大。它能把你们

带到哪里去？简直去不了什么地方！骑马吧，我说！骑马吧——去看看世界！"

"可我们没有马！"简抱怨说，朝四周看，要看看卡利科小姐骑的马在什么地方。尽管牌子上写着"有马出租"，却连一头驴子也没看见。

"没有马？真糟糕！那真是太不幸了！"

卡利科小姐的声音听上去很难过，可她看玛丽阿姨时，她的黑眼睛却调皮地闪亮。她向玛丽阿姨点头询问，玛丽阿姨点头回答。

"也许有办法！"卡利科小姐抓起一把糖手杖叫道，"你们没有马……这些怎么样？至少它们可以帮帮忙。给我一根别针，我给你们一根手杖。"

空气中洋溢着薄荷香味。当四个孩子在他们的衣服里找别针时，丢掉的好心情爬回来了。他们又是扭又是咯咯笑，又是翻又是找，可是他们一根别针也找不到。

"噢，我们怎么办，玛丽阿姨？"简叫道，"我们一根别针也没有！"

"我想当然不会有！"玛丽阿姨哼了一声回答说，"我照顾的孩子，衣服都补得好好的。"

她又厌恶地哼了一声，接着翻开她上衣的翻领，给每个孩子一根别针。正靠着铁栏杆打盹的罗伯逊·艾在她给他一根别针时惊醒了。

"把它们插到我的衣服上！"卡利科小姐向这些别针靠过

来，"不要怕刺痛我。我不会痛的！"

他们把他们的别针插到她身上别的别针当中，当她把那些糖手杖给他们时，她的衣服好像比原先更亮了。

他们又笑又叫，抓住那些手杖挥动，薄荷香气更加浓了。

"现在我不怕走路了！"迈克尔叫着，舔他那根手杖的头。手杖响起很小的一声喊叫，像是反对他舔的轻轻嘶鸣。可迈克尔只顾着品尝那薄荷糖的味道，顾不上去听它。

"我不吃我这根薄荷糖手杖，"简马上说，"我要一直留着它。"

卡利科小姐看看玛丽阿姨，她们交换了一个古怪的眼色。

"只要你们能够！"卡利科小姐很响地嘎嘎说，"只要你们能够，你们可以把它们全都留着——那太好了！你插牢点，不用怕我痛！"她给罗伯逊·艾一根薄荷糖手杖，罗伯逊·艾把他的别针插到她的袖子上。

"好了，"玛丽阿姨有礼貌地说，"对不起，卡利科小姐，我们要回家吃饭了！"

"噢，等一等，玛丽阿姨！"迈克尔反对说，"我们还没给你买薄荷糖手杖呢！"他突然担心，万一她没有别针了呢？他得跟她分自己那根薄荷糖手杖吗？

"哼！"她把头一抬说，"我才不怕把腿走断呢，像有些我可以指名道姓的人那样！"

"嘻嘻！哈哈！请原谅我笑！好像她还需要一根手杖拄着走路似的！"

　　卡利科小姐像鸟那样叽叽喳喳，像是迈克尔说了什么好笑的话。

　　"好了，很高兴遇到你！"玛丽阿姨说着跟卡利科小姐拉手告别。

　　"跟你说，高兴的是我，玛丽·波平斯！好，现在记住我的忠告，经常骑马！再见，再见！"卡利科小姐声音打着战说。她似乎完全忘记了他们全没有马。

　　"薄荷糖！价钱便宜！全用最好的砂糖制成！"他们转身走开时听到她吆喝。

　　"请问你有一根别针吗？"她问一个过路人，这是一位绅士，衣冠楚楚，戴一副单片眼镜。他胳肢窝里夹着一个公文包，公文包上用金字写着：

大法官
急件

　　"别针？"那位绅士说，"当然没有！我怎么会有别针这种东西呢？"

　　"你不给我东西，我不给你东西，这是规矩！你不给我别针，我不给你薄荷糖手杖！"

　　"把我的一根拿去吧，亲爱的！我多得是！"一个噔噔噔走过的大胖女人说。她胳肢窝下面夹着个篮子，她从披巾上拔

出了一把别针，交给那位大法官。

"只要一根！价格便宜！你要一根薄荷糖手杖永远不用付两根别针！"卡利科小姐用她母鸡叫似的咯咯声吆喝。她给了大法官一根薄荷糖手杖，他把它挂在臂弯上，走了。

"你和你的规矩！"那胖女人哈哈笑着把一根别针插在卡利科小姐的裙子上，"好，给我根粗的，亲爱的！我不是个轻盈仙女！"卡利科小姐给她一根又长又粗的手杖，她抓住手杖把手，整个人靠在它上面。

"喂鸟吧！两便士一袋！谢谢，亲爱的！"那胖女人快活地叫道。

"迈克尔！"简惊讶得喘了口气，叫道，"我相信她就是那位鸟太太！"

迈克尔还没来得及回答，一件奇怪的事发生了。当那胖女人把身体靠在手杖上时，手杖向上微微跳了一跳。接着，它在她张开的裙子下面突然飞起来，把她带到了空中。

"雏菊飞起来了！我走了！"鸟太太抓住薄荷糖手杖的把手，拼命夹紧她的篮子。

手杖飞过人行道，飞过栏杆。空气中响彻洪亮的长声马嘶，孩子们惊奇地看着。

"抓紧了！"迈克尔担心地大叫。

"你自己抓紧了吧！"鸟太太回答说，因为迈克尔的手杖在他下面已经飞起来。

"哎呀，简，我的手杖也飞起来了！"他尖叫道。这时他

的手杖已经轻快地带他飞走。

"小心，迈克尔！"简在他后面叫。可就在这时候，她自己的手杖也摇摇晃晃往上飞了。简骑在她那根粉红和白色条纹的手杖上，跟着迈克尔的手杖飞。她飞过月桂树篱。当她飞过丁香矮树丛时，一个人呼呼地飞过她身边。这是抱了许多大包

小包的罗伯逊·艾。他趴在他那根手杖上，一面飞一面打盹。

"我和你比赛谁先到那橡树，简！"迈克尔在她追上来时叫道。

"请安静！这不是马术表演，迈克尔！你们把帽子戴正，跟着我！"

玛丽阿姨抓着她的鹦鹉伞，慢悠悠地飞过他们的身边。她整洁端庄，像在一张摇椅上坐着那样。她一只手牵着两根绳子，绳子拴在双胞胎那两根手杖上面。

"它们全是用最好的砂糖做的！"卡利科小姐的吆喝声传上来，而地面在他们下面沉下去。

"她卖了几百根手杖！"迈克尔叫道，因为天空中很快就满是骑手杖飞的人。

"那是弗洛西姑妈——她飞过那些大丽花！"简指着下面说。他们下面飞过一个骑手杖的中年太太。她的羽毛披肩迎风飘动，帽子被吹到一边。

"是她！"迈克尔蛮有兴趣地看着说，"那是拉克小姐……带着她的两只狗！"

在柳树上飞着一根很细巧的薄荷糖小手杖，上面骑着拉克小姐，样子十分紧张，她后面是她的两只骑在手杖上的狗。威洛比吃了童车轮胎，依然是老样子，它粗鲁地朝孩子们笑。可安德鲁紧闭双眼，登高总是弄得它头晕。

嗒嗒！嗒嗒！嗒嗒！嗒嗒！后面传来奔跑的马蹄声。

"救命啊！救命啊！杀人了！地震了！"一个沙哑困惑的

声音叫道。

孩子们扭头去看，看到特林莱特先生在他们后面骑着手杖狂飞起来。他双手紧紧抓住薄荷糖手杖，脸白得像白纸。

"我想吃口我的手杖，"他哀叫道，"可看看它怎么对待我！"

"价钱便宜！只要一根别针！你给什么会得到什么！"下面传上来卡利科小姐的吆喝声。

这时候天空像个赛马场。骑手杖的人从四面八方飞来，孩子们觉得，他们认识的每一个人都买了薄荷糖马。一个帽子上插羽毛的人飞过，他们认出来，他就是两个高级官员中的一个。远远地他们看到卖火柴的人，他骑着一根闪亮的粉红色手杖在一路飞行。扫烟囱的带着他刷煤烟的刷子飞驰而过，卖冰淇淋的在他旁边飞，还在舔着一块草莓雪糕。

"请让路！请让开！请让开！"一个煞有介事的响亮声音叫道。

他们看到大法官用脖子都要折断的速度飞行。他身体弯得低低的，伏在他那根手杖的弯颈上，像是骑着一匹德比马赛得冠军的马。他的单片眼镜牢牢夹在他的一只眼睛上，他的公文包一路上一跳一跳的。

"十万火急！"他们听到他叫，"我必须及时赶到王宫去赴宴！让开！请让开！"他骑着手杖过去，很快就没影了。

公园里是多么混乱啊！人推人。"过去点！""你到哪里来了！"骑手杖的人都在大叫大嚷。手杖像怒马一样打着响鼻。

"靠左点！别抢道！"公园管理员在他们当中慢慢地飞，大喊大叫。

"不许停下！"他叫道，"这是人行横道！时速规定一小时 20 英里！"

"喂鸟吧！两便士一袋！"鸟太太在人群中飞。她从蜂拥般的翅膀中间飞过去——那是些鸽子、椋鸟、黑鸟和麻雀。"喂鸟吧！两便士一袋！"她一边在空中撒坚果一边叫。

公园管理员史密斯勒住他的手杖叫道："哎呀，老妈妈，你到这儿来干什么？你应该在圣保罗教堂！"

"你好，史密斯，我的孩子！我在喂鸟！吃茶点时见！两便士一袋！"

公园管理员看着她飞走了。

"我以前从来没有见她这样做过，哪怕在我小时候！喂，你们怎么啦！小心你们在朝哪儿飞！"他对一根飞驰而过的粉红色手杖叫道。

那上面骑着埃伦和警察，他们下午出来玩。

"噢！噢！"埃伦尖叫说，"我不敢朝下看！我朝下看觉得头晕！"

"那你就别朝下看。你就看着我好了！"警察抱住她的腰说。他们的手杖很快飞走了。

所有的薄荷糖手杖飞啊飞，它们的粉红色在早晨的太阳光中闪耀。它们带骑着它们的人飞过树木，飞过房屋，飞过云朵。

在他们下面，卡利科小姐的声音越来越轻了。

"薄荷糖！价钱便宜！全是用最好的砂糖做的！"

最后简和迈克尔觉得，这不再是卡利科小姐的声音，而是远处草地上小狗的尖叫声。

他们骑着他们的薄荷糖手杖，在拥挤的骑手杖的人群中穿过。风轻快地掠过他们的脸，马蹄声在他们的耳朵里回响。噢，他们骑到什么地方去啊？回家吃中饭？或者到天涯海角去？

一直是玛丽阿姨在他们前面引路。她姿态优美地骑在她的雨伞上，双手按着伞上的鹦鹉头，衣服像鸽子的翅膀那样展开，没有一个皱褶是乱的。他们不知道她在想什么。不过她的嘴角露出满足的微笑，好像心中十分得意。

樱桃树胡同越来越近。海军上将那架望远镜在阳光中闪耀。

"噢，我希望我们永远不用下去！"迈克尔叫道。

"我希望我们能骑一整天！"简叫道。

"我希望我们1点钟到家。请大家跟上我！"玛丽阿姨说。她把鹦鹉伞的鹦鹉嘴对准17号。

他们叹了口气，虽然知道叹气也没用。他们拍拍手杖的弯颈，跟着玛丽阿姨从天上飞下去。

花园草地像一片闪亮的绿色围场，慢慢地向他们迎上来。几根薄荷糖手杖向它俯冲下去，像小马那样蹦跳。罗伯逊·艾第一个着地，他的手杖在三色堇花坛里停下。罗伯逊·艾张开眼睛，眨巴了几下。他打了个哈欠，把大包小包收拾起来，跌跌撞撞地进屋。

孩子们飞过樱桃树胡同，他们一直下去，下去，直到青草

碰到他们的脚，手杖在草地上停下了。

与此同时，鹦鹉头雨伞在鲜花中掠过，它的黑绸皱褶张开，像一对翅膀。玛丽阿姨用优雅的姿势跳到地上。接着她轻轻地抖抖雨伞，夹在胳肢窝里。看到她和雨伞是那么整洁可爱的一对，你怎么也不会猜想到，她曾用那样古怪的方式飞过公园。

"噢，骑得多么开心啊！"迈克尔叫道，"你有那些别针，真是太幸运了，玛丽阿姨！"他穿过草地朝她奔去，抱住她的腰。

"这是花园还是废旧杂货拍卖场？请你放开我好不好？"她厉声说。

"我再也不会丢掉我的好心情了！我觉得那么美那么好！"简说。

玛丽阿姨不相信地微笑。"多么难得啊！"她说着弯腰捡起那些手杖。

"我拿我自己的，玛丽阿姨！"迈克尔说着要去抓住一个糖手杖。

可是她把所有的手杖都举到她的头顶上，高视阔步地进屋去了。

"我不会吃它，玛丽阿姨！"迈克尔求她说，"我连它的把手也不会舔！"

玛丽阿姨根本不理他。她一言不发，在胳肢窝里夹着那些手杖就飘也似的上楼去了。

"可它们是我们的！"迈克尔转向简抱怨说，"卡利科小姐叫我们把它们留着！"

"不，她没有，"简摇摇头说，"她说如果我们做得到，我们可以留着它们。"

"我们当然做得到！"迈克尔犟头倔脑地说，"我们要留着它们一直骑！"

真的，那些手杖竖立在玛丽阿姨的床角，迈克尔看上去非常有把握，因为，孩子们高兴地想，谁会要偷走这四根黏糊糊的糖棍呢？那些粉红色和白色条纹的手杖好像已经成为儿童室家具的一部分了。

它们把手挽着把手靠在一起，好像四个忠实的朋友。它们全都一动不动。它们就像别的手杖一样，那些手杖在满是灰尘的角落里静静地等候着和它们的主人一起出去散步。

下午过去了，睡觉时间到了，儿童室充满薄荷香味。迈克尔洗完澡急急忙忙进来时起劲地闻。

"它们没事！"当简进来时，迈克尔悄悄地说，"不过我想，今天晚上我们得醒着不让任何事情发生。"

简点点头。她已经看到那些手杖会做出稀奇古怪的事，觉得迈克尔的话是对的。

玛丽阿姨走开以后，他们一直醒着躺在那里，看着那个角落。那四个暗淡的影子站在帆布床旁边一动不动，静悄悄的。

"我们明天上哪儿去好呢？"迈克尔问道，"我想骑着它们去看弗洛西姑妈，问问她对骑手杖有多喜欢。"他打了一个哈欠，闭上他的右眼。他想，用一只眼睛看得同样清楚，这样

另外一只可以休息一会儿。

"我倒想去廷巴克图[1]看看，"简说，"光这名字听上去就很好听。"

冷场了好大一会儿。

"你不觉得这是个好主意吗，迈克尔？"

可是迈克尔没有回答。他已经把另一只眼睛也闭上了，他只想闭上一会儿，可就在这时候，他睡着了。

简坐起来，忠诚地看着那些手杖。她看啊看啊看啊看啊，直到她的头也倒在枕头上。

"廷巴克图。"她迷迷糊糊地喃喃道，眼睛对着角落里那些细长的影子。接着她什么声音也没有了，因为她也睡着了。

楼下的老爷时钟敲响 10 点。可是简没有听见。她没有听见玛丽阿姨悄悄进来脱下棉布睡袍里面的衣服。她没有听到班克斯先生锁门，也没有听到屋子安静下来过夜。她在做关于马的美梦，在梦中传来迈克尔叫她名字的声音。

"简！简！简！"传来十万火急的轻轻叫声。

她跳起来，甩开眼睛上的头发。在睡着的玛丽阿姨那边，她看到迈克尔坐在他的床边，一个指头放在嘴上叫她不要响。

"我听到奇怪的响声！"他轻轻地说。

简竖起耳朵听。不错！她也听到了。她听到很高、很尖、很远的口哨声。她屏住了气。

---

[1] 廷巴克图是非洲马里的一个城市，历史名城。

"咻——咻！咻——咻！"

这声音越来越近，接着忽然间，他们听到外面的黑夜里传来尖厉的呼叫声。

"来吧，砂糖！来吧，快腿！来吧，糖手杖！来吧，薄荷！不要再等了，否则就要来不及。这是规矩！"

与此同时，玛丽阿姨床边的角落响起很急的拖脚行走声。

咔嗒！踢乓踏！

四根手杖一根接一根升起来，飞出窗子。

孩子们像闪电一样下了床，靠在窗台上。外面一片漆黑，是个没有星星的夜。可是在樱桃树胡同上空，有什么东西在闪耀着奇怪的、超自然的亮光。

那是卡利科小姐。她像一只银色小刺猬一样骑着一根薄荷糖手杖飞过天空。她的马鞭在空气中很轻的噼啪响，她的口哨声划破寂静的黑夜。

"上来吧，你们这些慢吞吞的马车！"她叫道。这时四根手杖跟着她，拼命地嘶鸣。

"你这跳舞的驴子，上来吧！"她叫道。从下面什么地方，从厨房台阶上，另一根手杖飞上去。

"那一定是罗伯逊·艾的！"简说。

"你在哪里，特里西？上来吧，我的女孩！"卡利科小姐又抽她的马鞭。从拉克小姐最好的那扇卧室窗子跳出另一根手杖，追上那些手杖。

"来吧，条纹！来吧，棒棒糖！快上来吧！"于是手杖从

四面八方飞上去。

"抖抖一条腿吧，花儿！看准了，喂，蜜糖！四处流浪的必须回家。这是规矩！"她吹口哨让它们上去。当它们在空中向她飞去时，她抽响马鞭，哈哈大笑。

现在整个天空满是手杖，响彻了薄荷糖马奔腾的马蹄声和雷鸣般的嘶叫声。起先它们像是黑影，原先闪亮的背的颜色没有了。可是初升月亮的光从公园照上去，它们一下子都闪闪发光。它们在跑，闪闪烁烁；它们粉红色的腿在初升的月光中闪动。

"上来吧，我的小马们！上来吧，我的老马们！你们全都是最好的砂糖做的！"

卡利科小姐叫她那些马回家时，她的声音又高亢又甜美。噼啪！她的马鞭抽响，它们全在跟着她飞跑，嘶叫着，抬起它们薄荷糖的头。

接着月亮完全升起来了，升到公园的树木上空，又圆又清朗。简看着它倒抽一口气，抓住她弟弟的手。

"噢，迈克尔！你看，它是蓝色的！"她叫道。

它的确是蓝色的。

从地球另一边来了这巨大的蓝色月亮。它在公园和樱桃树胡同上空放射出蓝色的光芒。它悬在天空的最高处，像盏灯那样照耀着这个睡着的世界。

卡利科太太和她那一串飞马在它的光芒中飞过，像是一群蝙蝠。这一群影子在蓝色的大月亮上很快地飞过，在它的亮光中闪耀了一下。接着飞驰的薄荷糖手杖飞走了，穿过远方闪亮的天空。马鞭的噼啪声越来越轻。卡利科小姐的声音越来越远，越来越含糊。到最后，她和她那些马好像融入月光之中。

"它们全都是用最好的砂糖做的！"

最后传来一个很小的回声。

孩子们靠在窗台上沉默了一阵。

接下来迈克尔开了口。

"我们到底不能留着它们。"他难过地喃喃说。

"她本不要我们留着它们。"简望着空荡荡的天空说。

他们一起从窗口回过身，蓝色的月光照进房间。它像水一

样洒在地板上。它爬过孩子们的床，来到角落那张床。它明亮地、大胆地、蓝蓝地照着玛丽阿姨。她没有醒来。可是她露出神秘的、满意的微笑，好像即使在最深沉的梦中，她仍旧完全自得其乐。

两个孩子站在她旁边看着那古怪的微笑，气也透不出来。接着他们你看看我，我看看你，聪明地点点头。

"她都知道。"迈克尔悄悄地说了一声。简轻轻地回答了一声："是的。"

他们对着睡觉的玛丽阿姨微笑了一会儿，然后踮起脚，各自回到自己的床上去。

蓝色的月光洒在他们的枕头上。当他们闭上眼睛时，它笼罩着他们。它照在躺在旧帆布床上的玛丽阿姨的鼻子上。可是，好像什么蓝色月亮对她都无所谓似的，她很快把脸转过去了。她把毯子拉过了她的头，在毯子下面蜷缩得更紧。不一会儿，儿童室里唯一的声音就是玛丽阿姨的呼噜声了。

第六章

高潮

"你小心点，千万别把它落在地上了！"玛丽阿姨把一个黑色大瓶子交给迈克尔说。

他看到她那警告的眼光，老实地摇摇头。

"我会特别小心的。"他保证说。他就算是一个小偷，也不会走得更小心翼翼了。

他跟简和玛丽阿姨刚上布姆海军上将家，给班克斯先生借一瓶波尔图葡萄酒。它这会儿正在迈克尔的怀里，他走得小心翼翼——吧嗒吧嗒——像猫走在火烫的砖头上。他后面自自在在地走着简，她拿着布姆太太送给她的一个斑点宝贝 [1] 贝壳。

[1] 宝贝是一种腹足动物，贝壳光滑明亮。

他们过了一个快活的下午。海军上将唱了《我看见三艘船在航行》，给他们看装在一个瓶子里的一只全帆装备的航船。布姆太太请他们喝姜味汽水、吃通心粉。给海军上将烧饭缝补的退休海盗，让他们看刺在他胸口上的骷髅头和交叉骨头。

迈克尔低头看着那瓶酒，心里说：不错，真是过了可爱的一天。

接着他渴望着说出来："我希望能喝上一杯波尔图葡萄酒。我断定它的味道一定好！"

"请你走起来！"玛丽阿姨吩咐道，"不要老抓那标贴纸，迈克尔！你不是一只头上长羽毛的啄木鸟！"

"我没法走得更快了！"他咕噜道，"我们为什么必须赶路呢，玛丽阿姨？"他心里在说，等酒喝光了，瓶子空了，他要做一只船放进去。

"我们得赶路，"玛丽阿姨清清楚楚地说，"因为今天是第二个星期四，我要出去。"

"噢！"迈克尔呻吟一声，他竟把这件事给忘了，"这么说，我们一个傍晚都要跟埃伦在一起。"

他转眼看简，想得到她的同情，可是简没注意。她把那宝贝贝壳放到耳朵上，要听大海的声音。

"埃伦让我受不了！"迈克尔咕噜着，"她老是伤风感冒，她的脚也太大。"

"我希望我能看到大海！"简朝贝壳里面看，喃喃地说。

玛丽阿姨不耐烦地哼了一声，说："你们就这样！希望希

望——一天到晚都在希望！不是一杯波尔图葡萄酒，就是大海！我从不知道有这样一对老在希望的孩子！"

"你是用不着希望！"迈克尔说，"你样样都有！"

他心里想，她听了这话会高兴，于是拍马屁般地对她笑笑。

"哼！"她不相信地看看他，哼了一声。可是一个酒窝忽然出现在她的脸颊上。

"请你走起来吧，迈克尔·班克斯少爷！"她叫道，催他们走过院门。

让迈克尔大为吃惊的是，他发现埃伦并不是伤风感冒，而是得了另一种病，叫作花粉病。她打了一个又一个喷嚏，直到满脸通红。迈克尔觉得她那双脚更大了。

"我怕我打喷嚏都要把头打得落掉了！"埃伦伤心地说。迈克尔几乎希望她真的这样。

"如果没有任何星期四，"他对简说，"玛丽阿姨就永远不会出去！"

可是很不幸，每个星期都有星期四，玛丽阿姨一旦走出屋子，要叫她回来谁也办不到。

现在她走了，顺着胡同一路走去。她戴着她那顶插着雏菊的黑草帽，穿着她有银扣子的最漂亮的蓝色上衣。孩子们靠在儿童室窗口看着她的背影。她雨伞的鹦鹉头有一种生气勃勃的样子，她走起路来有一种喜气洋洋的神气，好像知道拐角的地方就有一个惊喜在等着她。

"我真想知道她上哪儿去！"简说。

"我希望我和她一起去！"迈克尔叹口气说，"噢，埃伦，你能别打喷嚏吗？"

"你的心肠比癞蛤蟆的还要冷酷，你这孩子！"埃伦用手帕捂住鼻子说，"好像我能管得住似的，阿——嚏！"

她的喷嚏打到让儿童室的家具发抖。她打了一下午喷嚏，晚饭的时间也没停过。五个孩子洗完了澡，她的喷嚏还没打完，她让他们上床睡觉时还在打。接着她在长明灯光中打喷嚏，打着喷嚏关上房门，打着喷嚏下楼。

"谢谢老天！"迈克尔说，"现在让我们做点什么事吧！"

如果玛丽阿姨在家照管他们，他们怎么也不敢做些什么。可是埃伦，谁也不怕她。

简吧嗒吧嗒走到壁炉台那儿，把宝贝贝壳拿下来。

"它还在响！"她高兴地说，"又唱又轻轻呼啸！"

"天哪！"迈克尔边听边叫，"我甚至听到鱼在游！"

"别傻了！你说什么傻话啊！没人听到过鱼游！"

简和迈克尔赶紧朝四下里看。那是谁在说话？那声音是从哪儿来的？

"好了，别站在那里你瞪着我我瞪着你了！进来吧！"那奇怪的声音叫道。这一回听上去，那声音是从贝壳里出来的。

"太简单了！你们只要闭上眼睛，屏住呼吸——头朝下跳就是了！"

"跳到哪里去？"迈克尔不相信地说，"我们可不想在壁炉前的地毯上把我们的脑袋撞破！"

"壁炉前的地毯？别傻了！跳吧！"那声音又吩咐他们。

"来吧，迈克尔！你站在我旁边！我们至少可以试试！"简说。

于是，他们把那宝贝贝壳拿在两人中间，照那声音告诉他们的，闭上他们的眼睛，屏住他们的呼吸，头朝下冲。也真奇怪，他们的头没撞上什么。可是贝壳发出来的嗡嗡声更响了，风轻快地吹过他们的脸颊。他们一直飞下去，像一对燕子，直到水忽然在他们周围啪啦响，头顶上打过一个浪头。

迈克尔张开他的嘴吐了口水。"噢，噢！"他大声叫道，"水有咸味！"

"你想它还能有什么味呢？甜味吗？"那同一个细小声音在他们旁边说。

"你好吗，迈克尔？"简担心地叫他。

"很好，"迈克尔勇敢地说，"只要你在这儿！"

她抓住他的手，他们一起潜过升起来的水墙。

"不用很久了，"那声音安慰他们，"我已经能看见亮光了。"

"水里有亮光——多么奇怪！"简想。她张开她的眼睛看。

下面的确是波动着彩色的光——蓝色的、玫瑰色的、银色的、鲜红色的和绿色的。

"它们很漂亮，对吗？"那声音在她的耳朵边说。她转过身，看见一条海鳟鱼的闪亮圆眼睛快活地看着她。它像只鸟一样蹲在一棵树的枝头上，树枝是绯红色的。

"那是珊瑚！"她惊叫道，"我们一定是下到了海底！"

"这不是你希望的吗？"鳟鱼说，"我想你说过希望看见大海！"

"我是希望过，"简看上去十分惊奇，"可我从未想到这个希望会成真。"

"伟大的海洋啊！干吗还去谈什么希望呢？我说那简直是浪费时间。快来吧！到晚会去，我们千万不要迟到了！"

他们还没来得及想这个晚会在什么地方举行，那鳟鱼已经穿过珊瑚丛，他们再轻松不过地跟着它潜下去。

"天哪！"一个吓坏了的声音叫道，"你真是吓了我一跳！这像是一张网！"一条大鱼钻过简的鬈发，急急忙忙游走了，看上去十分难受。

"那是黑线鳕，它很容易紧张。"鳟鱼解释说。"它已经失去了那么多老朋友，在上面那儿……"它用它的鳍指着水上面，"它老在害怕接下来就轮到它。"

简想到她自己早餐经常吃这种鱼，觉得有点罪过。

"我很抱歉……"她正要说，一个很粗的声音打断了她的话。

"请走吧！不要堵住这海上胡同！你为什么不能把你的鳍收拢呢？"一条大鳕鱼在他们之间擦过去。

"大海弄得这样乱糟糟！真是太不像话了！我去参加晚会要迟到啦！"它生气地瞪了孩子们一眼。"不过你们是谁啊？"它问道。

他们正要告诉它他们的名字，鳟鱼游到那鳕鱼身边跟它咬

耳朵说话。

"噢，我明白了！好吧，我希望他们有钱买票！"

"这个……没有……"简掏她的口袋。

"啧啧啧！老是这样。在任何人的疯态中就显出来没有条理。[1] 这个给你们！"鳕鱼马上从它尾巴下面的口袋里拿出两个白圆片。"沙钱[2]，"它郑重其事地解释说，"我身上总带上几个。我永远不知道什么时候会用得着它们。"它把这两个沙钱送给了孩子们，钻过珊瑚游走了。

"愚蠢的老鳕鱼！"鳟鱼说，"你们不用担心你们的票。你们是贵宾。你们是免费的。"

简和迈克尔惊奇地对看一下。他们以前从来没有当过贵宾，觉得非常自豪和神气。

"我倒想知道，谁能免费入场呢？我在大洋里这些日子，还没有人能免费进场。说起来，也不能免费出场！"一个像锯子那样刺耳的声音对他们说。

简和迈克尔转过身，看到一双盯住他们的眼睛，一蓬乱发似的很馋的触角伸向四面八方。这是一条章鱼。

"吃，吃吃吃！"章鱼斜眼看着迈克尔说，"又肥又美，正是我晚饭要吃的！"它伸出一只可怕的触角，迈克尔吓得大叫。

"噢，不要，你不要这样。"鳟鱼马上说。当简把迈克尔拉开的时候，鳟鱼对章鱼悄悄说了一个字。

"什么？响一点儿好吗？我听不清楚。哦，我明白了。他

---

[1] 这句话是把莎士比亚《哈姆雷特》一句话反说。
[2] 沙钱即饼海胆，形似银圆，因此也叫沙钱。

们属于……好吧，好吧！"

章鱼抱歉地缩回它的触角。"在高潮的时候，"它说下去，"我们总是欢迎任何属于……"

"在海里这么叽叽喳喳是怎么回事？我总是得不到一分钟的安宁！"一个抱怨的声音打断它的话。

孩子们朝那方向转过去。可他们看见的只是一只小爪子从一个贝壳里伸出来挥动。

"那是寄居蟹！"鳟鱼解释说，"只管自己过活，除了发牢骚，什么事也不干。如果有人对它说话，它像只蛤蜊那样一声不响。我们必须赶紧走。音乐已经开始了。"

当他们跟着它穿过岩石当中的一条地道时，轻柔的音乐声传到他们的耳朵里。地道那一头有微光，他们向那里游去，一路上音乐声越来越响。接着忽然之间，潮水般的亮光冲到他们面前来，他们眼睛都花了。他们已经到了阴暗的地道口，眼前是他们见过的最美丽的景色。

眼前是一大片海底，铺着最绿的柔软海藻。其间有一条条金沙小径，有各种颜色的花。沙上伸出珊瑚树，水上懒洋洋地晃动着海羊齿[1]的羽毛。贝壳在黑色的岩石上闪耀着，其中最大的一块岩石上面蓄满了珍珠田母。这块岩石后面有一个黑色的深洞，黑暗得像没有月亮的黑夜。里面远处闪着暗淡的光，像是大海深处的星光。

简和迈克尔在地道口朝外看，高兴得直喘气。

[1]一种分枝像羊齿植物的柳珊瑚。

在这明亮的场景中没有一样东西是静止的。岩石本身在不停波动的水中像在鞠躬和摇晃。小鱼在摆来摆去的花丛间游来游去像飞舞的蝴蝶。挂在珊瑚上的海藻花就像悬着的上千盏晃来晃去的灯。

"中国式的灯笼！"简心里说。不过靠近点看，它们是些发光的鱼。它们用嘴咬着，挂在一根根海藻上，照亮了一片片海藻地。

音乐声现在更响了。它来自一个珊瑚搭成的小平台，那里有几只蛤在拉小提琴。一条鲽鱼鼓起脸颊在吹海螺壳，短号鱼在吹银短号，一条鲈鱼在一面大鼓上打拍子。在这些演奏者周围，发亮的海洋动物游来游去，在岩石和珊瑚之间冲刺，合着音乐节奏跳舞。戴着珍珠项链的美人鱼在鱼群间优美地游着。到处闪烁着尾巴和鳍的银色光亮。

"噢！"简和迈克尔同时叫起来，因为能说出来的好像只有这个字。

"好了，你们终于到了！"一只古铜色的大海豹噼里啪啦地朝他们游来，用隆隆的声音说，"你们正好及时来到游园会。"它向两个孩子分别伸出它的一只鳍，在他们两个人之间向前摇摇摆摆地游走。

"你们常常开游园会吗？"迈克尔问道。他真希望他也能住在大海里。

"噢，不！"海豹回答说，"只有在高潮到来的时候……"

"喂！你受到了邀请吗？"它打断了自己的话，对一条灰色的

大家伙说，"我接到通知，鲸鱼不许参加！"

"走开！走开！鲸鱼不许参加！"许多鱼叫道。

鲸鱼把它巨大的尾巴一摆，在两块岩石中间穿过。它有一张可怜巴巴的大脸和一对伤心的大眼睛，它把眼睛转向孩子们。

"每次都这样，"它摇着头说，"它们说我太大，吃得太多。你们能劝劝它们，这回破一次例吗？我实在想见见远方来的亲戚！"

"谁的远方亲戚？"简刚开口问，海豹就大声打断她的话："好了，不要可怜巴巴了，鲸鱼。走吧！记住上次不幸的事故。"海豹用鳍捂住嘴对简说："它把所有的沙丁鱼三明治全吃光了。"

"除非有事，不许进来。所有闲杂人等不许进门。现在你走吧。游走吧！别再说了！"一条鼻子上有尖利的剑的鱼匆匆游过草地。

"我从来没有得到过乐趣！"当海豹和剑鱼把鲸鱼赶走的时候，鲸鱼哭着说。

简为它感到难过。"不过，"她转向迈克尔说，"它的确要占很多地方！"

不过迈克尔不再在她身边。他已经和一条美人鱼游走，这条美人鱼用粉红色的海绵扑它的脸。

"我想是裙子，还有短上衣和靴子。"简向他们游去，听见迈克尔在说。

美人鱼转向简，微笑着。"我正在问他上面的时尚……"它朝大海上面点点头，"他说她们流行穿上衣和靴子。"它带

着微笑说这话，好像这话不可能是真的。

"还穿外套，"简补充说，"当然，还穿套鞋！"

"套鞋？"美人鱼抬起眉毛。

"不让脚湿啊。"简解释说。

美人鱼哈哈大笑。"多么稀奇！"它说，"我们下面这里最好样样都湿！"它扭转尾巴游走了，因为有一个清脆的声音叫它。

"你好，海葵！"那声音说。从一个百合花坛后面，一个银色的东西跳着过来。它一看见两个孩子，就停了下来，用很亮的大眼睛看着他们。"哎呀，保佑我的鞋底！"它惊叫道，"这些动物是谁捉到的？"

"谁也没捉到。"美人鱼用手捂住嘴，用清脆的声音快活地悄悄说。

"噢，真的？太高兴了！"那鱼露出高傲的笑容说。

"我想我该自我介绍一下。我是深海三文鱼，"它舔舔它银色的鳍，解释说，"你知道，我是鱼王。我敢说你经常听到我的名字！"真的，从它自高自大和精心打扮的鳍的那副样子，你会觉得没什么别的话再值得听的。

"吃点东西吧！吃点东西吧！"一个阴沉的声音说。这时候一条狗鱼用老管家的神气端着个盘子跳着过来。

"请自己拿吧！"三文鱼向简鞠躬说，"要沙丁鱼三明治还是盐水虾？或者肉冻——当然是鱼肉冻！那么你呢？"它转

向迈克尔。"喝点海牛奶或者藤壶[1]啤酒？也许你就爱喝纯净海水！"它说。

"我被告知，陛下，这位小少爷希望喝波尔图葡萄酒！"狗鱼向他们端上托盘时，阴沉地在它面前看着。

"那么给他波尔图葡萄酒吧！"三文鱼从托盘上拿起一杯深红色饮料，傲慢地说。

迈克尔一惊，想起了他提出过的希望。他接过酒杯，连忙抿了一口。"它完全像悬钓子汽水。"他叫道。

"很好！"三文鱼得意扬扬地说，好像这葡萄酒是它自己酿造的，"那么，现在你想看看钓东西吗？也许正在收最后的一些钓丝，我们赶紧去正好能看到！"

"我不知道已经钓到些什么！"在三文鱼身边跑去时，简说。海中那些胡同这会儿挤满了朝草地游去的鱼。

"喂！喂！别忘了你们在推谁！"三文鱼把它们推开，用傲慢的声音说。"我的鳍啊！看那些孩子！"它指着一群喧闹地翻滚着经过的海胆，"老师，请看好你的学生。这大洋变得像个十足的斗熊场了！"

"你说什么？"一条正游过的埋头读书的心不在焉的鱼说，"喂，小闪闪和小烁烁！还有你，小尖钉！规规矩矩的……要不然我不让你们到晚会去！"

那些海胆你看我我看你，龇着牙笑。接着它们严肃地跟着这位老师游走，那副样子像牛油在它们的嘴里不肯化掉。

[1] 藤壶是附在岩石或船底的甲壳动物。

　　"啊，我们到了！"三文鱼带孩子们绕过一丛珊瑚，快活地叫道。

　　在一块平石台上坐着一排鱼，全都严肃地朝上看。每条鱼用它的鳍拿着一根钓竿，认真地看着在水中漂游的钓丝。

　　"这些是琵琶鱼，"三文鱼解释说，"轻点说话！它们不爱被人打搅。"

　　"不过……"简十分惊奇地悄悄说，"那些钓丝向着上游漂！"

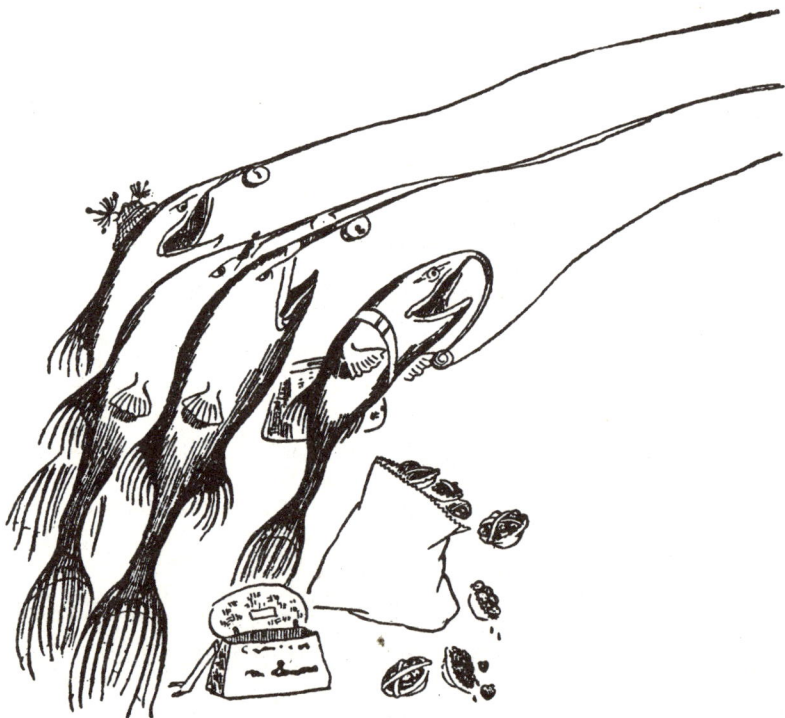

三文鱼看着。"那么它们还能向哪里漂呢？"它倒想知道。"你不能期望它们向着下游漂吧，对吗？那是钓饵！"它加上一句，指着几个防水袋，里面装满了饼。

"不过……它们捉什么呢？"迈克尔嘶哑地悄悄问。

"噢，主要是人，"三文鱼回答，"用草莓饼几乎什么人都可以钓到。它们已经钓到不少了。瞧他们一大群挤在里面扭来扭去。"

它把尾巴向附近一个洞穴甩了甩，孩子们惊讶得倒抽一口气，因为那里面站着一群人，看上去又生气又不满。一些戴黑眼镜和夏季帽子的男人在挥动拳头和跺脚。三位上岁数的女士在挥动阳伞，一位年轻女士穿着胶靴，正毫无办法地在绞着她的双手。在她旁边站着四个愁眉苦脸的孩子，手里拿着捕虾网兜。

"喂，你们觉得好吗？"三文鱼嘲笑说，"我必须说，你们看上去极其滑稽！跟鱼离开了水的样子一模一样！"

那些人全都生气地哼鼻子，转过身去不看三文鱼。就在这时候，上面传来一声狂叫，震动了大海。

"我说放开我！马上把这钩子拿掉！你们怎么敢这样对我！"

一条琵琶鱼安静地微笑着，开始收它的钓丝。

"我告诉你，把它拿出来！"那声音又响了。

海上冒下来许多泡泡，出来一个最不寻常的东西。它的身体穿着一件厚花呢上衣；一条灰色面纱从帽子上披下来，漂动着；它脚上穿着厚羊毛长袜和扣扣子的大号皮靴。

迈克尔张大嘴巴看着，发出漱口那样的声音。

"简，你看出来了吗？我相信这是……"

"安德鲁小姐！"简说。她也发出漱口那样的声音。

这真是安德鲁小姐。她出来了，又是咳嗽，又是呛，又是叫。琵琶鱼拔掉她嘴上的鱼钩，把她推进洞穴。

"野蛮！荒唐！"她气急败坏地大叫，"我怎么会知道饼里有钩子！你们这些强盗！"她向那些琵琶鱼挥动拳头。"我要写信给《泰晤士报》投诉！我要让你们被煎了吃！"她喊道。

"瞧她扭成那副样子，"三文鱼咕哝道，"她是个特大号人物！她会扭上几个钟头。"

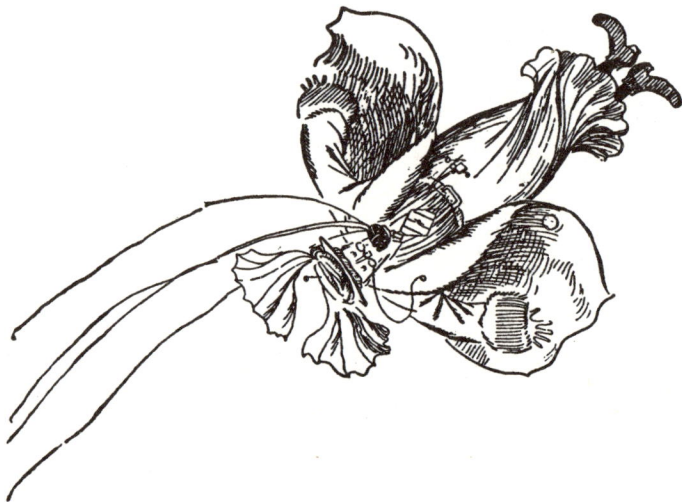

简觉得安德鲁小姐这完全是活该，可她担心地看着那些孩子。她心里说，万一她自己被捉住了……或者是迈克尔，那多么可怕啊！

"那些琵琶鱼拿他们来做什么呢？"她诚心诚意地问三文鱼。

"噢，当然是再把他们扔回去！你知道，我们钓他们纯粹是作为一种体育运动。他们吃起来太硬了。"

"喂！来吧，三文鱼！"海豹从远处叫道，"我们不能让孩子们错过和她见面的机会。她随时会到。"

简用疑问的眼光默默地看着迈克尔。这个"她"是谁？一条重要的美人鱼？或者是大海的女王？

"哎呀！我全忘了！来吧，你们两个！"三文鱼叫道。

它又跳又绕弯，领着他们走。在他们旁边，一只海马轻快地跑着。他们急急忙忙朝草地游去，鱼在他们之间进进出出。

"你们好，简和迈克尔！"一个友好的声音尖声说，"记得我吗——原先待在你们家的金鱼缸里的？现在我回到家了。替我问候你们的妈妈！"那金鱼微笑着，他们还没来得及回答，它已经游走了。

"多么拥挤！像装在罐头里一样！"三文鱼拍着尾巴说。

"吃些点心吧！吃些点心吧！"狗鱼沙哑地叫。

"哎呀呀！还有一瓶朗姆酒！"一个熟悉的声音回答它说。布姆海军上将拍着水游过，从托盘上拿了一杯。在他旁边游着像只鸽子似的布姆太太。跟着跟跟跄跄来的是他们的退休海盗罗经柜。

"真见鬼！喂，伙计们！因为我要上里奥格朗德去！"海军上将咆哮着。

狗鱼在他后面看着他，摇摇头。"他们都是些流氓！"它

阴沉地说，"我实在不知道这大洋会变得怎样！"

"啊，你们在这里，孩子们！"古铜色海豹叫道，在鱼群中开路挤过来，"抓住我的尾巴，我拉你们穿过去！对不起！请让我过去，鱼儿们！这是简和迈克尔，是贵宾！"

那些鱼让开，看着他们。在喧闹声中传来轻轻的有礼貌的说话声。海豹用它的鳍推开鱼群，把两个孩子拉到那块有闪亮珍珠的岩石上。

"我们正好及时赶上见面！"它喘着气说。他们好不容易听到它的隆隆声，因为叫声笑声太响了。

"什么见面啊？"简刚一问，喊叫声一下子停了。音乐声和笑声消失，海中一片肃静。鱼群中的每条鱼一动不动，像块石头。摆来摆去的花在水中静立着。潮水也静止了。

"它来了！"海豹朝洞穴那边点着头悄悄说。

"它来了！"看着的动物跟着说。

这时候，从神秘的黑洞里出现了一个枯瘦的头。一对睡意惺忪的老眼对着耀眼的光眨巴着。两只满是折皱的鳍从黑暗中伸出来，它们后面是一个拱形的黑壳。

孩子们抓紧古铜色海豹的鳍。

"它是谁？"简对着它的耳朵悄悄地问。她想这可能是只大乌龟。

"是只水龟，"海豹低沉地回答，"世界上最老最聪明的东西。"

水龟用发着抖的鳍一寸一寸地爬到珍珠岩石上。它那双在

半闭的眼睑里的眼睛像两颗黑色小星星。它朝聚集在一起的动物们看了一会儿。接着它抬起它枯瘦衰老的头微笑，开始讲话。

"我的朋友们，"它用古老破钟那样的声音庄严地说，"我向你们大家问好，大海的动物们！我希望你们有一个快活的高潮晚会！"

它向岩石低下它枯萎的头鞠躬，水中的动物们恭敬地向它鞠躬还礼。

"对于我们全体来说，这是一件大事，"水龟平静地说下去，"今天晚上看到那么多老相识，我实在高兴。"它的黑色小星星样的眼睛扫过拥挤的草地，好像一眼认出大海里所有的动物。"不过当然，"它抬起打皱的眉头，"我们还缺了一个！"

海豹掉头朝地道看，一声欢呼。

"她来了，我的天哪！她正好赶到！"

它一说，动物们嗡嗡响起来，拍手欢呼。与此同时，让孩子们奇怪的是，一个极其熟悉的人出现在地道口。她站在那里，穿着她最好的蓝色上衣，戴着插雏菊的草帽。接着她整洁严肃、姿态优美地走过闪亮的花园。当她来到水龟的那块岩石上时，欢呼声越来越响，到了震聋耳朵的地步。

"欢迎玛丽·波平斯！"上千个快活声音叫道。

她挥动她的鹦鹉伞还礼，然后转身向水龟行礼。

它看了她好久，那双闪亮的老眼像看进了她的心。接着它点点它光光的小脑袋，对她友好地微笑。

"我亲爱的年轻亲戚！"它优雅地说，"这真让人高兴。

好久没有客人从水上面那个世界来看我了。你的第二个星期四
碰上我们的高潮，这也已经好久没有过了。因此，我代表海里
所有的动物向你表示欢迎，玛丽！"它眨眨眼睛，向她伸出一
只起皱的小鳍。

　　玛丽阿姨握住它，尊敬地鞠了个躬。这时候，她那双瓷一
样的蓝色眼睛看着水龟那双黑眼睛，彼此之间交流了一个奇怪
的微笑。好像全都胸怀坦荡，没有丝毫秘密隐藏着似的。

"现在，亲爱的玛丽，"水龟说下去，"既然人到大海深处，没有不拿回去一点儿东西的，让我也送你一个小小的礼物吧。"

它把它的一只鳍回过去伸进洞穴，拿出一样闪亮的小东西。"把这个拿去吧，好纪念你来过这里。可以把它当作一枚很好的别针，或者做一枚帽针。"它探出身子，把一只海星按在玛丽阿姨的上衣上面。那只海星在她蓝色的上衣上像小小的一组钻石那样亮光闪闪。

"噢，谢谢，"玛丽阿姨高兴地叫道，"这正是我想要的！"

她对水龟微笑，接着向海星微笑，最后她的视线转到孩子们身上。她的微笑顿时消失了，厌恶地哼了一声。

"如果我告诉过你一次不要目瞪口呆，简，那么我就是告诉过你一千次！闭上你的大嘴巴，迈克尔！你可不是一条狗鱼！"

"我想也不是。"狗鱼在孩子们背后不高兴地咕噜了一声。

"这么说……这两个孩子是简和迈克尔！"水龟向他们转过它的睡眼说，"我非常高兴终于见到了你们。我的小朋友们，欢迎你们来参加我们的高潮晚会！"

它向他们庄重地鞠躬，他们看了玛丽阿姨的眼色，也鞠躬还礼。

"你们知道，"水龟用它苍老的破嗓子说下去，"我知道你们是简和迈克尔。不过我怀疑……对，我的确怀疑他们会知道我是谁！"

他们摇摇头，看着它说不出话来。

水龟动动它的壳，沉思着眨了一会儿眼睛。接着它开口说话。

"我是水龟。我居住在世界的底部。我在城市底下、高山底下、大海底下安家。从我这黑暗的底部，通过海水，地球长出它的花和树林。人和山出自这个底部。大兽和天上的小鸟也是。"

它停了一下，它周围这些大海的动物看着它，静悄悄的。接着它说下去。

"我比万物都老。我不声不响，无声无息，很有智慧，我静静的，很有耐心。万物在我这洞穴开始，最后又回到我这里来。我能够等待。我能够等待……"

它皱起它的眼皮，点了点光秃秃的起皱的头，像是在自言自语。"我没有更多的话说了，"它眨眨眼说，"因此……"它庄重地举起一只小小的爪子。"请通知奏乐吧！"它吩咐海豹说，"让海中众百姓爱跳什么舞就挑选什么舞。这一回跳什么舞呢，我的孩子们？"

"踢踏——嘭——嘭，踢踏——嘭——嘭！"一个像蜜蜂在瓶子里的声音嗡嗡说。

"啊，对，我亲爱的海军上将！"水龟点点头，"一个非常合适的建议。奏起水手的角笛舞曲吧！"

周围马上响起大喊大叫声。乐队奏起轻快欢乐的音乐，那些一动不动的鱼又摆动起它们的尾巴。说话声和欢笑声充满了整个大海，潮水开始涌动了。

踢踏——嘭——嘭！大家开始跳舞——所有的鱼、美人鱼、

海胆、海豹。

踢踏——嘭——嘭！布姆海军上将叫着拉他看不见的船缆。踢踏——嘭——嘭！布姆太太拍着双手，摇动她的双脚唱着。踢踏——嘭——嘭！退休海盗罗经柜高声歌唱，怀念着他快活的海盗时光。鱼在他们之间跳着舞进进出出，摆动着它们闪亮的鳍。

古铜色海豹用它的尾巴撑着身体竖起来倒下去，三文鱼像小鸟一样飞过草地。琵琶鱼拿着它们的钓竿跳着舞过去，剑鱼和那位老师共舞。在这一大群鱼当中，有一个人像个优美的黑影那样跳着舞。又是脚跟又是脚尖，玛丽阿姨在大海底跳着角笛舞。

孩子们站在珍珠岩石旁边凝视着这古怪的场面。

"你们觉得很特别，对吗？"水龟说，"我看得出你们现在有了在大海里的感觉了。"它为它的这句小俏皮话轻轻地咯咯笑。

简点点头说："我本以为大海很不一样，可它实际上和陆地很像。"

"为什么不是这样呢？"水龟眨巴着眼睛说，"别忘了陆地是从海中出去的。地球上每样东西在这里都有一个兄弟——不管是狮子、狗、兔子，还是大象。宝石在这里有它们的同类，星座也一样。玫瑰花记得咸水，月亮记得潮起潮落。你们也必须记得它，简和迈克尔！孩子们，大海里有比已经从这里出去的更多的东西。我不是说鱼！"水龟微笑着说。"不过我看到

你们的 20 个脚趾在扭动了！现在你们走出来和大家一起跳舞吧。"它说。

简抓住迈克尔的手。接着她想到水龟已经非常老了，因此她在走出去之前，先向它行了个屈膝礼。

他们两个一起投入鱼群中，合着音乐的拍子跳起舞来。噢，他们的光脚是怎样轻快地扭动着跳舞啊！噢，他们的手臂是怎样在水中挥动啊！当他们随着水手角笛舞曲的拍子舞动时，他们的身体跟海藻一样摇摆。

踢踏——嘭——嘭！欢快的音乐响着，玛丽阿姨向他们游过来。她拉住他们的手一起跳，他们手拉着手、摇摆着穿过珊瑚枝。他们转着圈子，越转越快，转得像在旋转的水中旋转的陀螺。他们直跳到眼睛转花了，被灯光耀花了，于是把眼睛闭上，靠到玛丽阿姨身上。她的手臂抱住他们，牢牢地，有力地，把他们举起，穿过翻滚的潮水。

踢踏——嘭——嘭！他们一起打转，一面转，音乐声一面慢慢轻下来。踢踏——嘭——嘭！噢，旋转的大海，它把孩子们全在巨大的摇篮里摇晃着！踢踏——嘭——嘭！噢，玛丽阿姨把孩子们像落潮的泡泡那样旋转着。转啊——踢踏……转啊——嘭——嘭……转啊……转啊……

"把我抱紧，玛丽阿姨！"迈克尔睡意蒙眬地喃喃说着，要去摸她让他感到舒服的手臂。

没有回答。

"你在这里吗，玛丽阿姨？"他打着哈欠说，靠在摇来摇去的大海中。

还是没有回答。

于是他还是让眼睛闭着，又叫起来，大海好像响起了回声："玛丽阿姨，我要你！玛丽阿姨，你在哪里？"

"我在早晨这个时候总是在的地方！"玛丽阿姨生气地说。

"噢，我们跳着多么美丽的舞啊！"他睡意蒙眬地说。他伸出一只手要把她拉过来。

他的手什么也没摸到。他正在摸索的手指摸到的只是一样温暖柔软的肥大东西，像是枕头。

"跳舞跳舞，请你跳下床来吧！快到吃早饭的时间了！"

她的声音有点像远处的雷声。迈克尔吓了一跳，终于睁开了他的眼睛。

天哪！他这是在哪里？绝对不该在儿童室里！可是那老木马一动不动地在角落里，这里还有玛丽阿姨整洁的帆布床、玩具、书本和他的拖鞋。所有熟悉的旧东西都在这里，只除了迈克尔正好这时候最需要的东西。

"大海到哪里去了？"他生气地说，"我要回到大海里去！"

玛丽阿姨的脸在浴室门那儿一伸，于是他马上知道，她生气了。

"大海在布莱顿那个地方，它一直在那里！"她清清楚楚地说，"现在立刻给我起床。别再说话了！"

"可我刚才在大海里！你也在那里，玛丽阿姨。我们一起

在鱼群中跳舞，跳水手角笛舞！"

"哼！"她抖抖浴室的小地毯说，"比起出去和水手跳舞，我希望我有更好的事情做！"

"那么，那些鱼又是怎么回事呢？"他问道，"还有海豹、三文鱼和那滑稽的老乌龟呢？我们刚才和它们一起在下面，玛丽阿姨，就在海底！"

"在海底？和一条可笑的老三文鱼？好了，你一定是做了最古怪的鱼梦！我想你是晚饭小面包吃多了！什么水手、乌龟！接下来还有什么？"她咕噜着走开时，围裙发出生气的嚓嚓声。

他看着她的背影，沉下了脸，摇摇头。他不敢再说话，这他知道，可她不能阻止他想。

他下床把脚趾伸进拖鞋时想了又想。他正想的时候，眼睛碰到了简的眼睛，她正从毯子底下朝外面偷看。她听到了他们争辩的每一句话，一面听一面也在想她自己的念头，她的眼睛已经注意到了什么。现在她对迈克尔露出一个神秘的微笑，聪明地点她的头。

"鱼梦鱼梦，是有鱼，"她说，"可不是梦。"她指着壁炉台。

他抬起头，不由得吃了一惊。他脸上泛起得意的微笑。

因为在那壁炉台上，在那宝贝贝壳旁边，有两块沙钱和一只粉红色的小海星。

"你记得水龟的话吗？人到下面的海里去，都要带回点什么！"简提醒他。

迈克尔看着那两块沙钱，点点头。这时候房门猛地打开，

玛丽阿姨回来了。她把那海星从壁炉台上拿起来，别到她的衣领上。当她在儿童室镜子前面打扮来打扮去的时候，它闪闪发亮。

迈克尔转向简，发出忍不住的格格笑声。

"踢踏——嘭——嘭！"他轻轻地哼。

"踢踏——嘭——嘭！"简跟着悄悄地说。

他们在玛丽阿姨僵直的背后大胆地跳了几步角笛舞。

他们怎么也没注意到，玛丽阿姨那双明亮的蓝色眼睛正通过镜子注视着他们，和她镜子里自己的影子安静地交换了一个非常高傲的微笑。

第七章

但愿永远这样快活

这是旧年的最后一天。

楼上儿童室里，简、迈克尔和双胞胎正在进行那名为"脱衣服"的魔术表演。当玛丽阿姨动手给他们脱衣服的时候，这跟看变戏法差不多！

她顺着一排孩子走过去，她的手一碰，他们的衣服好像就自然脱落下来。她把约翰的套衫从头上拉上去，就像是在剥兔子皮[1]。简的连衣裙一碰就落下，巴巴拉的短袜真的是从她的脚趾上自动跑掉的。至于迈克尔，他一直觉得玛丽阿姨只要看他一眼，就给他把衣服脱了。

---

[1] 兔子皮能整张拉下来。

"好，立刻上床！"她吩咐说。

她这么一说，这么一看，他们马上散开，钻到各自的被单底下去。

她在儿童室走来走去，抓好东一件西一件的衣服，整理好玩具。孩子们舒舒服服地躺在床上，看着她满房间轻快地走动，这时她那围裙像翅膀一样嚓嚓响。她的眼睛是蓝色的，她的脸颊是粉红的，她的鼻子神气地往上翘，像个荷兰木偶的鼻子。乍看起来，他们心里说，她就完完全全是一个普通人，可是你知我知，他们有种种理由相信，一切不能只看外表，看外表是靠不住的。

迈克尔忽然想起一件事，他觉得这件事非常重要。

"我说！"他在床上坐起来说道，"旧的一年什么时候真正算是到头呢？"

"今天晚上，"玛丽阿姨简单地说了一声，"在12点敲响的第一下。"

"那么它又是什么时候开头呢？"他说下去。

"什么什么时候开头？"她厉声问。

"新年啊。"迈克尔耐心地回答。

"在敲12点最后一下的时候。"她哼了一声回答他的话。

"噢，那么它们之间的那一段呢？"他问。

"什么它们之间的那一段？你说话不能说清楚吗，迈克尔？你以为我是一个能看透别人心思的人吗？"

他想说是的，因为他正是这么想的。可是他知道他不敢这

么说。

"在第一下和最后一下之间的那一段时间啊。"他赶紧解释。

玛丽阿姨转脸看他。

"麻烦还没来麻烦你，你可别去麻烦这个麻烦！"她一本正经地给他忠告。

"可我没有去麻烦这个麻烦，玛丽阿姨。我只是想知道……"可是他赶紧收口，因为一看玛丽阿姨脸上的表情就知道不妙。

"那你一定是你那'想要'的奴隶，样样跟着你的'想要'走。好了！我只要再听见你说一个字……"迈克尔一听到这半句话，马上钻到被单底下，因为他很清楚这半句话是什么意思。

玛丽阿姨又哼了一声，沿着那排床走，给大家塞好被单。

"我来保管，谢谢你！"她从约翰的怀里把那只蓝色鸭子拿起来说。

"噢，不！"约翰叫道，"请把它给我！"

"我要我的猴子！"当玛丽阿姨掰开巴巴拉死死抓住平尼那虫蛀过的绒毛身体的手指时，巴巴拉哭也似的大叫。平尼是只破旧的猴子，班克斯太太小时候它是班克斯太太的，后来轮流属于一个又一个孩子。

可是玛丽阿姨不理她。她急急忙忙来到简的床边，于是灰绒布象艾尔弗雷德就被从毯子里拿了出来。简马上坐起身子。

"你为什么把这些玩具都拿走呢？"她问道，"我们不能跟它们一起睡，和以往那样吗？"

玛丽阿姨的回答只是转脸冷冰冰地看了她一眼。然后玛丽阿姨在迈克尔床边弯下腰来。

"那小猪，请给我！"她严厉地吩咐说。她伸出手来拿弗洛西姑妈送给他过圣诞节的那只金色薄纸板做的小猪。

这小猪里面原先装满巧克力糖，如今完全空了。它后面应该是尾巴的地方是一个大窟窿。圣诞节那天，迈克尔把这条尾巴拉出来，要看看它是怎么安上去的。从此以后，这条尾巴就放在壁炉台上，小猪没有了尾巴。

迈克尔把金猪紧紧搂在怀里。

"不要，玛丽阿姨！"他勇敢地说，"这猪是我的！我要它！"

"我是怎么说的？"玛丽阿姨问道。她的目光是这么吓人，迈克尔只好马上松开手，让她把小猪拿走了。

"可你打算拿它们来做什么呢？"他好奇地问道。

玛丽阿姨把这些动物在玩具橱顶上摆成一排。

"不问就不会听到假话。"玛丽阿姨一本正经地回答了一声。当她走向书柜时，她的围裙又嚓嚓响。

他们看着她拿下三本熟悉的书：《鲁滨孙漂流记》《绿色童话》和《鹅妈妈儿歌集》。接着她翻开这些书，把它们放在四个动物面前。

"她是要这四个动物读书吗？"简心里想。

"现在，"她向房门口走去，认真地说，"请你们全都转过身去，马上睡觉好不好？"

迈克尔坐得笔直。

"可我想醒着，玛丽阿姨，醒着看新年到来！"

"心急水难开，你越急它来得越慢！"她提醒他，"请你在床上躺着吧，迈克尔——别再说一个字了！"

接着她很响地哼了一声，熄了灯，关上儿童室的房门，房门发出很轻的像生气似的咔吧一声。

"我还是要醒着看。"她一走，迈克尔就说。

"我也是。"简马上响应，非常坚决的样子。

双胞胎什么也没说。他们已经睡熟了。可是过了顶多10分钟，迈克尔的头就倒在他的枕头上了。简的眼睫毛搭到脸蛋上也不过15分钟。

四床鸭绒被随着孩子们均匀的呼吸一起一伏。

好一会儿，没有任何东西打破儿童室的寂静。

叮咚！叮咚！叮咚！叮咚！

忽然，在寂静的夜里，一连串钟声响起来。

从每一座钟楼和教堂尖塔处，钟声响起来了。城里所有的钟响应着，钟声飘过公园传到胡同里。从北到南，从东到西，它们叮咚叮咚地响。人们靠在窗台上，敲响他们的吃饭钟。没有吃饭钟的就敲响他们的前门门槌。

卖冰淇淋的沿着胡同走来，起劲地按响他的自行车铃。在布姆海军上将家的花园角落里，一个轮船的钟在寒冷的空气中当当地敲响。隔壁拉克小姐家起居室的小早餐铃丁零丁零，她那两只狗也瞎起哄，汪汪乱吠。

丁零丁零！当啷当啷！汪汪汪汪！

世界上所有的人都敲钟摇铃，声音在寒冷黑暗的半夜回响。

接着，忽然之间，一切都静下来了。在严肃而深沉的寂静中，洪亮的报时钟声敲响了。

"当！"大本钟[1]敲响了。

这是半夜12点钟声的第一下。

就在这时候，儿童室里什么东西活动了。接着响起了嘚嘚嘚的蹄声。

简和迈克尔一下子完全醒了。他们双双一惊，坐了起来。

"妈呀！"迈克尔说。

"爸呀！"简说。

因为他们眼前是一个惊人的场面。在地板上站着那金猪，它用它的金色后脚站起来欢跳，样子十分了不起。

嘭！艾尔弗雷德这只象很重很低沉地嘭的一声落到它旁边。从玩具橱顶还轻盈地跳下来猴子平尼和那只蓝色老鸭子。

接着让孩子们大吃一惊的是，金猪说话了。

"请哪一位好心给我安上我的尾巴好

[1] 大本钟是伦敦英国议会大厦钟楼上的大钟。

吗？"它用又高又尖的声音请求道。

迈克尔翻身下床，跑到壁炉台那儿去。

"现在好多了，"金猪微笑着说，"自从圣诞节以来，我一直不舒服极了。你们知道，一只猪没有了尾巴，就跟一根尾巴没有了猪一样糟糕。现在，"它把房间环顾一遍，说下去，"大家都准备好了吗？那么，请赶紧走吧！"

它一面说，一面高雅地走到房门口，后面跟着小象艾尔弗雷德、猴子平尼和蓝鸭子。

"你们上哪儿去啊？"简看着它们叫道。

"你很快就知道了，"金猪回答说，"你们来吧！"

他们转眼就穿上睡袍和拖鞋，跟着四个玩具下楼，走出他们家的前门。

"这边走！"金猪说着，轻快地走过樱桃树胡同，走进公园大门。

猴子平尼和蓝鸭子在它身边跳着跑着，一只叽叽叫，一只嘎嘎叫。在它们后面笨拙地走着小象艾尔弗雷德，在它的灰绒布后跟后面跟着简和迈克尔。

树木上空高悬着白色的圆月。它的银光笼罩着宽阔的公园草地。草地上已经满是人了，在亮光中前后移动。

艾尔弗雷德甩起它的绒布鼻子拼命闻空气。

"哈！"它高兴地说，"我们在这里面很安全，小猪，你不这么想吗？"

"在什么里面？"迈克尔好奇地问。

"在间隙里面啊。"艾尔弗雷德扇着大耳朵说。

孩子们相互看看。艾尔弗雷德这话是什么意思？

可是猪用它的金蹄子招呼他们过去。当他们急急忙忙赶到草地上时，在他们的周围，很亮的影子闪来闪去。

"对不起，请让让！"三只小东西在孩子们身边擦过时说。

"是三只瞎老鼠[1]，"艾尔弗雷德微笑着说，"它们老是钻到每个人的脚底下！"

"它们是从农民的妻子那儿逃出来的吗？"迈克尔叫道，又是万分惊奇又是兴奋。

"噢，不是的！今晚不是，"艾尔弗雷德说，"它们只是急急忙忙来见她。三只瞎老鼠和农民的妻子全在间隙里！"

"你好，艾尔弗雷德……你平安进来了！"

"怎么，这是亲爱的老平尼啊！"

"什么，还有蓝鸭子？"

"万岁，万岁！金猪也来了！"

当大家相互见面打招呼时，又是表示欢迎又是欢呼。一个小锡兵迈大步走过，向金猪敬了个礼，金猪向他挥挥蹄子。平尼和一对鸟拉手，它称呼它们是雄䳭鸟和雌鹡鸰。蓝鸭子向一只半在壳内半在壳外的复活节小鸡嘎嘎叫。至于艾尔弗雷德，它向四面八方甩着它的长鼻子大声打招呼。

"你不冷吗，我亲爱的？今晚很冷！"一个粗哑的声音在简背后说话。

---

[1] 三只瞎老鼠是孩子们书里的童话人物。接下来见到的许多人物动物都是。

　　她回头看见一个人，长着胡子，穿着奇怪极了的衣服。他穿的是羊皮裤子，戴一顶海狸皮帽子，手里拿着一把由一条条兔尾巴拼成的大雨伞。在他后面站着一个半光着身子的黑人，抱着一堆毛皮。

　　"星期五，"有胡子的人说，"请你给这位小姐一件大衣。"

　　"当然，主人！我很乐意！"黑人动作很美，把一件海豹皮斗篷披在简的身上。

　　她看着他们。

　　"那么你是……"她开口说话，害羞地向他笑笑。

　　"当然是我，"那高大汉子鞠躬说，"请叫我鲁滨孙好了！我所有的朋友都这么叫我。克鲁索先生这个称呼听上去太正式了。"

　　"不过我以为你是在书里的！"简说。

　　"我是在书里，"鲁滨孙·克鲁索笑着说，"不过今天晚上有人好心地把书翻开。于是你看，我就溜出来了！"

　　简一下子想起玩具橱顶上那几本书。她记得玛丽阿姨在关灯之前打开了它们。

　　"常常有这种事吗？"她急着问。

　　"噢，不！只在大年夜。间隙是我们的一个机会，也是唯一的一个机会。不过对不起，我必须和他说话……"

　　鲁滨孙·克鲁索转身招呼一个蛋形小胖子，他正用细腿急急忙忙走过。他的尖脑袋光秃秃的，像个鸡蛋，脖子上围着羊毛围巾。他和鲁滨孙·克鲁索打招呼时，用疑问的眼光看着孩

子们。

"天哪！"迈克尔惊叫道，"你太像汉普蒂·邓普蒂了！"

"像？"小人高傲地尖声说，"一个人怎么能像他自己呢，这我倒想请教！我只听说过有人不像他自己——当他淘气或者吃得太多的时候——却从没听说过有人像他自己。别说傻话了！"

"不过……你现在是完整的一个！"迈克尔看着他说，"我以为汉普蒂·邓普蒂从墙上摔下来摔碎后，就再也拼凑不起来了。"

"谁说我不能？"那小胖子生气地说。

"我只是以为……呃……国王所有的马……呃……国王所有的人……"迈克尔开始结结巴巴。

"呸……马！它们懂什么？至于国王的人——一群蠢货——他们只懂得马！他们不能把我拼凑起来，并不是说就没有人能够吧，对吗？"

简和迈克尔不能顶撞他，于是摇了摇头。

"事实上，"汉普蒂·邓普蒂说下去，"是国王自己把我拼凑好了……你不是把我拼凑好了吗……你说呢？"

最后那句话他是对一个圆滚滚的大胖子说的，这大胖子用一只手按住头上的王冠，用另一只手拿着一碟馅儿饼。

"他正像玛丽阿姨讲的故事里的那个国王！他一定是科尔老国王！"简说。

"你说我不是什么了？"国王小心地把王冠按好，把碟子拿稳，问汉普蒂·邓普蒂。

"把我重新拼凑好！"汉普蒂·邓普蒂尖声说。

"我当然把你拼凑好了。只为了今天晚上，你知道。用蜜糖。在王后的客厅里。不过你现在怎么也不能打搅我。我那24只黑鸟将要唱歌，我得把馅儿饼打开来。"

"瞧，我怎么告诉你们的？"汉普蒂·邓普蒂对孩子们大叫，"你们怎么敢暗示我是一个破蛋！"他粗鲁地转身，用背对着孩子们，他那个裂开的大脑袋在月光中闪着白光。

"别跟他争了，没好处！"艾尔弗雷德说，"他对那回摔下来的事总是那么耿耿于怀，十分敏感。喂，好好走路！看你

在推谁了！"它转身把长鼻子一甩，一头戴王冠的狮子轻轻地跳到一旁。

"对不起！"狮子有礼貌地说，"今天晚上太挤了。请问你看到独角兽没有？啊，它在那里！喂！等一等！"它轻轻吼了一声，向一只很文雅地跑过的银色东西跑去。

"噢，拦住它！拦住它！"简担心地叫道，"它要满城追打那独角兽的！"

"今天晚上不会，"艾尔弗雷德让她放心，"你看着好了！"

简和迈克尔惊奇地看到狮子鞠躬。接着它摘下头上的金冠，捧给独角兽。

"现在轮到你戴它了。"狮子客气地说。然后它们两个拥

抱了一下，跳着舞回到大家之中了。

"今天晚上孩子非常乖吗？"他们听到独角兽问一个跳着舞经过的干瘪老太太。她正推走一只大靴子，里面满是嘻嘻哈哈的男孩女孩。

"噢，乖极了！"老太太高兴地说，"我的鞭子一次也没用！乔治·波吉对付女孩们帮了大忙。她们今天晚上一定要被吻一下的。至于男孩们，他们简直像糖和香料一样。瞧小红帽抱着的那只狼吧！它求晚饭吃，她打算教训它。请坐下，马费特，扶牢稳！"

老太太向坐在靴子后面的一个漂亮小女孩挥挥手。小女孩正忘乎所以地和一只黑色大蜘蛛交谈；大靴子隆隆地推走，她伸出一只手去轻轻拍拍大蜘蛛。

"她甚至不躲避它！"迈克尔叫道，"她为什么不害怕呢？"他想知道。

"因为间隙，"艾尔弗雷德催他们在它前面走，但还是回答说。

简和迈克尔忍不住要去看小红帽和马费特小姐。想想看，她们竟不怕狼和那只黑色大蜘蛛。

接着一道白光轻轻掠过，他们转身看到一个闪亮

的人用手捂住嘴打哈欠。

"还没睡醒吗，睡美人？"艾尔弗雷德用它的长鼻子抱住她的腰隆隆地说。

她拍拍象鼻子，靠在它身上。

"我正沉浸在梦中，"她轻轻地说，"但幸亏第一下钟声把我吵醒了！"

她说话的时候，迈克尔的好奇心忍不住了。

"我不明白！"他大声说出来，"今天晚上一切事情都颠倒了！为什么马费特小姐不怕大蜘蛛？为什么狮子不打独角兽？"

"艾尔弗雷德告诉过你了，"睡美人说，"因为我们大家都在间隙里。"

"什么间隙？"迈克尔再也忍不住，问道。

"旧年和新年之间的间隙啊。旧年在半夜 12 点的第一下钟声响起时过完，新年要在最后一下钟声响起时开始。在两者之间敲 10 下的时候，就留着这个间隙。"

"是吗？"简气也喘不过来地急着说，因为她想知道更多。

睡美人又可爱地打了一个哈欠，对孩子们微笑。

"在这间隙里，一切东西亲如一家。永恒地对立的东西相见并亲吻。狼和羊同眠，鸽子和蛇同窝。星星下来和大地接触，年轻的和年老的互相原谅。日和夜在这里相遇，两极也一样。东靠向西，圆圈圆又圆。我的亲爱的孩子们，此时此地——在这唯一的时间和唯一的地点——一切人快快活活。你看！"

睡美人挥挥她的手。

简和迈克尔看过去，看见三只熊围着一个头发很亮的小女孩笨拙地蹦跳[1]。

"她是金发姑娘，"睡美人解释道，"她和你们一样安全。噢，晚上好，潘趣！婴儿怎么样啊，朱迪？"

她向手挽手走着的一对长鼻子木偶招手，说："他们平时老吵吵闹闹，可今天晚上是相亲相爱的一对，因为他们在间隙里。噢，你们瞧！"

这一回她指着一个像座塔似的巨人。他的大脚踩在草地上，

---
[1] 在童话里，这女孩闯进熊爸爸熊妈妈和它们的小宝宝的家，弄坏了东西，三只熊追她。

他的头有最高的树顶那么高。他一个肩上扛着一根大棒，另一个肩上坐着一个哈哈笑的小男孩，小男孩正在扭那巨人的耳朵。

"那是巨人杀手杰克和巨人。他们两个今天晚上是贴心朋友。"睡美人微笑着抬头看，"瞧，女巫们终于来了！"

孩子们头顶上呼呼作响，一群珠子眼睛的老太婆骑着扫帚从空中飞来。当她们跳到人群中时，欢迎她们的叫声响起来。人们冲过去和她们拉手，那些老太婆发出女巫的嘎嘎笑声。

"今天晚上没有人怕她们。她们快快活活！"睡美人充满睡意的声音像催眠曲。她伸出双臂抱住两个孩子，三个人站在那里看拥挤的人群。一只兔子和一只乌龟跳着舞走过，王后和纸牌红心杰克拥抱，美女把她的手伸给怪兽。国王们和公主们、英雄们和女巫们在新旧年交替的间隙里相互致敬，草地在大家的脚下颤动，空气使人头晕。

"让开！让开！让我过去！"一个高亢的声音叫道。

在草地远远的那头，他们看到了金猪。它用它僵硬的后腿从人群中走来，挥动着它金色的蹄子把大家朝左右分开。

"让开！让开！"它十万火急地大叫。大家左右分开，一下子变成两排，都在鞠躬行礼。

因为这时候，在金猪后面，出现了一个惊人的熟悉的身影。她头上戴着一顶有个蝴蝶结的帽子，上衣上面的银扣子闪闪发亮。她的眼睛像瓷器上的垂柳那么蓝，她的鼻子神气地翘起来，就像荷兰木偶的鼻子。

她轻盈地沿小路走来，金猪利索地走在她前面。她一路过

来的时候，每个喉咙都发出欢迎的叫声。大礼帽、鸭舌帽、王冠、小冠冕抛向空中。当她走在月光里，月亮好像也更亮了。

"她为什么来这里？"简看到这个人影来到空地上时，问道，"玛丽阿姨可不是童话。"

"她甚至比童话还好！"艾尔弗雷德实心实意地说，"她是变成真实的童话。再说，"它低沉地说道，"她是今晚的贵宾！是她让书打开的。"

在快活的欢迎声中，玛丽阿姨向两旁鞠躬。接着她大步走到草地中央，打开她的手提包，拿出一架手风琴。

"选择你们的舞伴吧！"金猪叫道，也从它皮里的口袋拿出一支笛子，放到嘴上。

一听这声吩咐，每一个动物都轻快地转向它旁边的动物。接着笛子吹出摇摆音乐，手风琴和24只黑鸟和着它，一只白猫用一把小提琴悦耳地伴奏。

那会是我的猫吗？迈克尔看着它身上的花叶图纹，心里想。不过他没工夫去认清楚，因为他的注意力被艾尔弗雷德吸引住了。

这灰色绒布象笨拙地走过，发出快活的森林呼叫声，用它的长鼻子吹着喇叭。

"亲爱的小姐，我能有幸和你跳舞吗？"它向睡美人鞠躬说。她把手伸给它，一起跳起来了，艾尔弗雷德注意着别踩了她的脚趾，睡美人样子很美地打着哈欠，看上去像在做梦。

每一个人似乎都在找舞伴或者找朋友。

"吻我！吻我！"一群女孩手挽手围住一个大块头男学生。

"别挡住我的道，小乔治·波吉！"农夫的妻子和三只瞎老鼠跳着舞走过，叫着。

大块头男孩冲出来，钻到人群中去，那些女孩全在笑他。

"一，二，跳，转——是这样跳的。"小红帽握住狼的爪子教它跳舞。狼看上去十分谦卑害羞，一边数一边看着自己的脚。

简和迈克尔简直没法相信自己的眼睛。可他们还没来得及想这件事，一个友好的声音叫他们。

"你跳舞吗？"鲁滨孙·克鲁索快活地说着，握住简的手，旋转着走了。她转来转去，贴着他的羊皮大衣，这时迈克尔也让星期五抱着，跳了起来。

"那是谁？"一路跳舞时简问道。因为这时蓝鸭子摇摇摆摆地走过，贴到一只大灰鸟的胸前。

　　"那是鹅先生！"鲁滨孙·克鲁索说，"那边平尼正和灰姑娘在一起。

　　简马上转脸看。真的，绒毛破旧的平尼正煞有介事地和一个美丽的小姐跳舞。

　　一个个都有舞伴。没有一个是孤单的或者被剩下。所有听到过的童话人物都聚集在草地上，互相快活地拥抱在一起。

"你快活吗，简？"迈克尔和星期五经过时对她说。

"但愿永远这样快活！"她笑着回答，因为这时候她知道，这些都是真的。

音乐这会儿变得更快更狂热。它升到高大的树木间，比一下下的钟声更响。玛丽阿姨、金猪和拉小提琴的猫前后左右摇摆着奏响他们的乐器。黑鸟们唱个不停，似乎一点儿也不会疲倦。童话人物在孩子们周围旋转摇摆，他们的声音在孩子们耳朵里悦耳地歌唱和欢笑。

"但愿永远这样快活！"公园里个个异口同声地叫道。

"那是什么？"简对她的舞伴说，因为在欢呼声和音乐声中，她听到了"当"的一下钟声。

"时间快到了！"鲁滨孙·克鲁索说，"那一定是第六下！"

他们在舞中停了一下，倾听钟声。

七！在这声音之上响起了童话的音乐，让大家都在它的金网中摇摆起来。

八！那遥远的、平稳的钟声又响了一下。跳舞的脚好像动得更快了。

九！现在连树木本身也跳起舞来了，随着童话音乐弯它们的树枝。

十！噢，狮子和独角兽！狼和羊！朋友和敌人！黑暗和光明！

十一！噢，飞逝的时间！噢，插上翅膀的时间！新旧年之间的距离是多么短啊！让大家快活吧——永远这样快活吧！

十二！

庄严深沉的最后一下钟声敲响了。

"十二！"从每一个人和动物的喉咙里发出这一声叫，围

起来的圈子马上打破，大家散开了。闪亮的形体在孩子们身边迅速擦过，有杰克和他的巨人、潘趣和朱迪。大蜘蛛和马费特小姐飞快地走了，汉普蒂·邓普蒂迈着他的细腿走了。狮子、独角兽、金发姑娘、小红帽和三只瞎老鼠全都跑过草地走了，好像在月色中融化了。

灰姑娘和那些女巫消失了。睡美人和拿着小提琴的猫跑着离开了，不见了。简和迈克尔向周围看，寻找他们的舞伴，发现鲁滨孙和他的星期五已经溶解到空气中去了。

童话音乐消失了，它被一片庄严的钟声淹没了，因为现在每一座钟楼和每一个尖塔都响起欢庆新年的钟声。大本钟、圣保罗教堂、圣布赖德教堂的钟，老贝利[1]的钟，圣马丁教堂、威斯敏斯特教堂、圣玛丽·勒·博教堂的钟……

可是有一个铃声响得超过其他的钟声，它快乐，清亮，持续不断。

丁零零零！它有点不同于新年钟声，它亲切、友好，并且离家更近。

丁零零零！它响着。它的回声中夹杂着一个熟悉的人的声音。

"谁要烤面饼？"那人声说得很响，要人马上回答。

简和迈克尔睁开他们的眼睛。他们朝四周看，发现他们是在自己的床上，在鸭绒被底下，约翰和巴巴拉在他们旁边睡得

---

[1] 老贝利是伦敦中央刑事法院的俗称。

很熟。壁炉栅上的火快活地燃烧。晨光照进儿童室的窗子。丁零零！从下面胡同里传来丁零零的铃声。

"我说'谁要烤面饼'，你们没听见吗？卖烤面饼的人在下面胡同里。"

错不了，这是玛丽阿姨的声音，听上去很不耐烦。

"听见了！"迈克尔急忙说。

"听见了！"简跟着说。

玛丽阿姨哼了一声。"那为什么不马上说！"她厉声说。她走到窗口，挥手招呼那卖烤面饼的。

下面前面院子的门很快打开，发出通常的吱嘎声。卖烤面饼的跑过花园小径去敲后门。他断定17号会买，因为班克斯一家人爱吃烤面饼。

玛丽阿姨从窗口转身回来，在炉火上加了块木炭。

迈克尔用睡眼看了她好一会儿。接着他擦眼睛，一下子完全惊醒了。

"我说，"他叫道，"我要我的猪！它在哪里，玛丽阿姨？"

"对了！"简也跟上，"我要艾尔弗雷德，还有蓝鸭子和平尼，它们在哪里？"

"在橱顶。它们还能在哪里？"玛丽阿姨生气地说。

他们抬头看到四样玩具在那里站成一排，完全跟她摆的时候一样。在它们前面摆着《鲁滨孙漂流记》《绿色童话》《鹅妈妈儿歌集》。不过这几本书如今不再像昨天晚上那样翻开。它们一本本整齐地叠在一起，都是合起来的。

"不过……它们是怎样从公园回来的？"迈克尔十分惊奇地说。

"猪的笛子哪里去了？"简说，"还有你的手风琴！"

现在轮到玛丽阿姨盯着他们看了。

"天哪……你们在说些什么？"她用让人觉得不妙的眼光看着他们，问道。

"你的手风琴啊，玛丽阿姨！你昨天晚上在公园里拉的！"

玛丽阿姨从壁炉那儿转过身，向简走来，眼睛盯住她看。

"我倒想请你再说一遍！"她的声音平静但是吓人，"我昨天晚上在公园里'拉手风琴'——你知道你在说什么吗，简·班克斯小姐？你说我？"

"可你昨天晚上是在公园里拉手风琴嘛！"迈克尔勇敢地顶她，"我们昨天晚上都在那里。你和那些玩具和简和我，我们都在间隙里跟童话人物在一起。"

玛丽阿姨看着他们，好像耳朵听错了。她脸上的表情简直是吓人。

"童话人物，在间隙？哼！我要是再听到一个字，你们将要和童话人物一样在浴室里。我向你们保证，连门都锁上！什么间隙！更像是发疯了！"

她厌恶地转过身，生气地砰一声打开房门，急急忙忙下楼去了。

迈克尔沉默了一会儿，又开始回忆。

"真滑稽，"他很快又说，"我还以为是真的。我一定是

做梦了。"

简没有回答。

她忽然跳下床，把一把椅子靠到玩具橱旁边，很快地爬上椅子，把那几个玩具拿下来，跑到迈克尔床边。

"你摸摸它们的脚！"她兴奋地悄悄说。

他用手摸摸猪的蹄子。他又摸摸艾尔弗雷德的灰绒布象脚、鸭子的蹼和平尼的爪子。

"它们是湿的！"他觉得奇怪地说。

简点点头。

"再看这个！"她从床底下拿起他们的拖鞋，从鞋盒里拿出玛丽阿姨的鞋子，叫着。

拖鞋上有露水，玛丽阿姨的鞋子的后跟上有湿的小草，夜里在公园跳舞就会在鞋子上找到这样的东西。

迈克尔抬头看简，哈哈大笑。

"那么不是做梦！"他高兴地说。

简微笑。

他们并排坐在迈克尔的床上，会心地点头，无言地交流着不能用语言表达的秘密的话。

玛丽阿姨很快就端着一盘烤面饼进来。

他们在鞋子和拖鞋上面看她。

她从那盘烤面饼上面看他们。

他们三个人之间会心地对看了很长时间。

他们知道她知道他们知道。

"今天是新年吗，玛丽阿姨？"迈克尔问道。

"是的。"她平静地说着，把盘子放在桌子上。

迈克尔严肃地看着她。他在想着间隙的事。

"我们也可以吗，玛丽阿姨？"他猛地提出这个问题。

"你们也可以什么？"她哼了一声问道。

"永远这样快活？"他很急地说。

她脸上淡淡地露出一个半是难过半是温情的微笑。

"也许，"她沉思地说，"这全靠……"

"全靠什么，玛丽阿姨？"

"全靠自己。"她轻轻地说，同时把烤面饼拿到炉火那儿……

第八章

另外一扇门

　　这是一个严寒的早晨。灰白的日光透过樱桃树，像水一样洒到房屋上。风不太大，它先呻吟着吹过一家家的小花园，又嘘嘘地吹过公园，在胡同里一路哀吟着过去。

　　"布噜噜噜噜噜！"17号房子冷得发着抖说，"那该死的风在干什么呢——在周围像幽灵似的哀号！喂！停下来好不好？你让我发抖了！"

　　"呼——呼——我有什么办法呢？"风根本不管，叫道。

　　房子里传出耙刮的声音。罗伯逊·艾正在耙掉壁炉里的灰，放上新的木柴。

　　"啊，那正是我所需要的！"当玛丽阿姨点着儿童室的炉

火时，17号房子说，"总算有点东西暖和暖和我冰冷的老骨头了。那嗡嗡响的风又来了！我希望它到别的地方去咆哮！"

"呼——呼！呼——呼！那要到什么时候呢？"风在樱桃树之间抽泣。

儿童室的火噼噼啪啪烧起来。在铁栏杆里面，闪亮的火焰跳跃着，照在窗玻璃上。早晨干活以后，罗伯逊·艾没精打采地到下面扫帚柜那里去休息。玛丽阿姨照常忙个不停，又是熨衣服又是准备早饭。

简比别人醒得早，因为风的咆哮声把她吵醒了。这会儿她坐在窗前的座位上，闻着吐司的香气，看窗上自己的影子。半个儿童室映现在花园里，这是一个完全由光造成的房间。炉火在她背后很暖和，可另一团火在她面前跳动、发光。它在壁炉台的倒影下面，在外面一座座房屋之间的空中跳动。那儿另一匹木马抬起了它花斑的头。窗子外面，另一个简在看着，点头微笑。当简朝窗玻璃呵气，把脸对着那圈蒸气时，她的影子也做着同样的动作。她一直在呵气，在画，她可以看到她自己。在对她微笑的那张脸后面是光秃秃的樱桃树黑树枝，透过她身体中间的是拉克小姐家的墙。

很快她听到前门砰的一声响，班克斯先生进城去了。班克斯太太急忙进了起居室去复早晨收到的信。下面厨房里，布里尔太太在做早餐吃的熏鱼。埃伦又感冒了，在忙着擤她的鼻涕。在楼上儿童室里，炉火噼噼啪啪，玛丽阿姨的围裙窸窸窣窣！总的说来，除了外面的风不算，这是个平静的早晨。

不过这样没过多久，因为迈克尔忽然冲进来，穿着他的睡衣站在房门口。站在那里看着玛丽阿姨时，他的眼睛有一种模糊的带睡意的神情。他用认真的、查探的眼光看她的脸，看她的脚，看她全身，什么都不漏掉。接着他失望地说了一声"噢"，把眼睛上的睡意擦掉。

"喂，你怎么啦？"玛丽阿姨问道，"丢掉六便士，找到一便士？"

他沮丧地摇头："我梦见你已经变成一个美丽的公主。可你还是老样子！"

她表示蔑视地把头一扬。"行为漂亮才是漂亮！"她高傲地哼了一声说，"我现在这样很好，谢谢你！不管你满不满意，我自己很满意。"

他扑到她身上去，要平息她的怒气。

"噢，我觉得很满意，玛丽阿姨！"他真心实意地说，"我刚才只是想，如果我的梦成真，会有……呃……一种变化。"

"变化！"她又哼了一声说，"你很快就要得到你想要的变化……我向你保证，迈克尔·班克斯少爷！"

迈克尔不放心地看她。他想：她这话是什么意思？

"我只是开个玩笑，玛丽阿姨。其实我不要任何变化！我只要你……永远只要你！"

他忽然觉得，公主们都是些蠢货，没什么值得说的。

玛丽阿姨不高兴地哼了一声，把吐司放在桌子上，说："你不能永远保有什么东西……你不这样想吗，小少爷？"

"只有你例外！"他很有信心地回答说，露出顽皮的微笑。

她脸上显出一种奇怪的表情。可是迈克尔没有注意到，他的眼角看到简在干什么。现在他爬到她旁边，向另一扇窗子呵气。

"瞧！"他得意地说，"我在画一只船。有另一个迈克尔在外面画另一只船，画得一模一样！"

"嗯！"简说了一声，头也不抬，看着她自己的影子。忽然她转身叫玛丽阿姨。

"哪一个才是真的我呢，玛丽阿姨？里面的一个还是外面的一个？"

玛丽阿姨端着一大碗粥进来，站在他们之间。她每呼吸一次，围裙就窸窣一声，碗里的热气也就冒一冒。她看着自己的影子，满意地微笑。

接着她哼了一声，问道："这是个谜语吗？"

"不是，玛丽阿姨，"简急忙说，"我只是想知道。"

好一会儿，他们看着玛丽阿姨想，她这就要告诉他们了。不过显然她想得更深，因为她用不屑的样子抬起了头，转身走到桌子旁边。

"我不知道你们怎样，"她傲慢地说，"不过我很高兴告诉你们，不管我在哪里，我都是真的！迈克尔，请穿上衣服吧！简，过来吃早饭！"

在那冷冰冰的目光下，他们赶紧照她说的做。等早饭吃好，他们双双坐在地板上用橡胶积木搭城堡，把影子的事全忘了。真的，就算他们去照，他们也照不出影子了，因为炉火已经变

成玫瑰色的余火，闪亮的火焰已经没有了。

"现在好多了！"17号房子舒适地蹲在地上说。

火的热气透过它的骨头，当玛丽阿姨在它里面走来走去的时候，这房子暖和过来了。

今天玛丽阿姨好像比平时更忙。她把衣服分好类，折叠好，放到抽屉里，又缝上脱落的纽扣，缝补袜子。她在架子上铺上新的纸，给简和巴巴拉的连衣裙放下贴边，又给约翰和迈克尔的帽子缝上新的松紧带。她把安娜贝儿的旧衣服收集起来包好，准备送给布里尔太太侄女的婴孩。她把柜子里的东西都拿出来，将玩具分别摆好，把书柜里的书放整齐。

"她多么忙啊，这让我看得头都晕了！"迈克尔悄悄说。

可是简什么话也不说，她看着那窸窸窣窣忙来忙去的玛丽阿姨。她心里盘旋着一个她没完全抓住的念头。什么东西——是一个记忆吗——悄悄地对她说了一个字，这个字她还不能十分领会。

整个早晨，那只椋鸟蹲在隔壁烟囱上尖声唱它没完没了的歌。它不时会飞过花园，用发亮的担心的眼神从窗外看着玛丽阿姨。风绕着房子吹，像叹气又像呼唤。

一个钟头一个钟头过去，吃中饭的时间到了。玛丽阿姨依旧像旋风那样忙个不停。她在果酱瓶里放进新鲜的大丽花；她把家具摆正，抖干净窗帘。孩子们觉得儿童室在她收拾的手底下发抖。

"她就永不停手吗？"迈克尔对简发牢骚，同时在城堡上

加搭一个房间。

正在这时候，玛丽阿姨好像听到了他的话，一下子站着一动不动了。

"好了！"她环顾她干的活儿，说道，"整洁得没话说了。我希望它一直保持这个样子。"

接着她把她最好的那件蓝色上衣拿下来刷。她在纽扣上呵气，让它们发亮，把那枚海星别针别在衣领上。她把她那顶黑草帽又扭又拉，直到草帽上的雏菊像士兵一样立正。接着她脱下她窸窸窣窣响的白围裙，把蛇皮腰带系在腰上。皮带上的字清楚可见："动物园赠"。

"你好久没系它了。"迈克尔很感兴趣地说。

"我留着它在最好的时候用。"她平静地回答，同时把皮带拉正。

接着她又从角落里拿起她那把雨伞，用蜂蜡擦亮它的鹦鹉头。再下来，她取下壁炉台上那把卷尺，把它扔到她的上衣口袋里。

简马上抬起头。那只鼓鼓的口袋让她觉得说不出的不安。

"你为什么不把卷尺留在那儿呢？它在那里很安全，玛丽阿姨。"

接着是哑场。玛丽阿姨似乎在考虑这个问题。

"我有我的道理。"她最后说，高傲地哼了一声。

"自从你回来以后，它可是一直在壁炉台上的！"

"这不代表它一直得在那里。对星期一合适的事对星期五

就不一定合适。”她带着她那个自负的微笑回答。

简转过身去。她的心怎么啦？对她的心口来说，它忽然像是太大了。

“我很孤单。”她对迈克尔悄悄地说，尽量小心不看他的脸。

“只要我一天在这里，你一天不会觉得孤单的！”他在他的城堡屋顶上放上最后一块积木。

“我说的不是这种孤单。我觉得我就要失去什么东西。”

“也许是你的牙齿，”他很感兴趣地说，“你摸摸它，看它是不是摇动了。”

简很快地摇摇她的头。不管将要失去的是什么，她知道那不是一颗牙齿。

“噢，只要再有一块积木！”迈克尔叹口气说，“样样都好了，就差一个烟囱！”

玛丽阿姨轻快地走过来。

“给你！这是它需要的！”她说着弯下腰来，在应该是一个烟囱的地方，放上她自己的一块多米诺骨牌。

“万岁！它完工了！”迈尔克快活地抬头看她，大叫着说。接着他看到她把整盒多米诺骨牌放在他身边。看到它们，他感觉异常不自在。

“你是说……”他吞了一口口水说，“你是说……我们可以留着它？”

他一直想要这些多米诺骨牌。可在此以前，玛丽阿姨从来不许他碰她的东西。这是什么意思？这太不像她了。忽然之间，

当她向他点点头时，他也感觉到一阵孤单。

"噢！"他不安地哀叫起来，"出什么事了，玛丽阿姨？是出了什么毛病吗？"

"毛病！"她的眼睛生气地瞪瞪他，"我送给你一件宝贵的礼物，这就是我得到的全部感谢吗？真的，出了什么毛病！下一次我会明白得多。"

他发疯似的扑过去，抓紧她的手，说："噢，我不是这个意思，玛丽阿姨！我……谢谢你。我只是忽然想到一个念头……"

"这种念头，在一个这样明媚的日子里会让你自寻烦恼。你记住我的话好了！"她哼了一下说，"好，请戴上你们的帽子，你们全都戴上！我们要散步，上秋千那儿去。"

看到她那熟悉的眼光，他们的不安一下子消失得无影无踪。他们马上又叫又笑地去准备，跑过时把城堡也撞翻了。

当他们急急忙忙走过胡同时，和煦的春天的阳光照耀在公园上空。樱桃树抽出细细的新叶，抽出新叶的地方看上去像笼着绿色的烟雾。空气中散发着报春花的香味，小鸟们在排练它们准备夏天唱的歌。

"我和你们赛跑，看谁先到秋千那儿！"迈克尔大叫。

"我们把那些秋千全都包下来！"简叫道。因为竖立着五个秋千，等着他们的那块空地一个人也没有。

转眼间他们已经爬上秋千，简和迈克尔、约翰和巴巴拉一人一个。安娜贝儿看上去像个羊皮白球，和玛丽阿姨合坐一个。

"现在……一、二、三！"迈克尔大叫，几个秋千就在秋

千架下荡起来了。孩子们越荡越高，像小鸟飞在舒服的阳光中。
荡上去时他们的头飞上天，下来时他们的脚落到地上。树木像
在他们下面张开树枝，一个个屋顶点头哈腰。

　　"像在飞一样!"当地面在脚下翻跟头时,简叫着说。她转眼去看迈克尔。他飞上天空时头发向四面八方飞舞。双胞胎像兴奋的老鼠一样叽叽叫。在他们那边,玛丽阿姨高贵尊严地

荡向前荡向后。她一只手抱住坐在她膝盖上的安娜贝儿，另一只手抓住她的雨伞。当她坐在荡过来荡过去的秋千上时，她的眼睛闪出一种奇怪的亮光。它们比简任何时候看到的更蓝，这种蓝带有一种像是能看到很遥远很遥远地方的蓝色。它们似乎看到树木和房屋那边，看到所有的大海和高山那边，看到世界的边缘那边。

下午暗下来了，公园在他们的脚下侧斜着的时候变灰了。可是简和迈克尔没有注意到。他们和玛丽阿姨一起裹在梦里，一个把他们在天地之间荡上去荡下来的梦，一个永远不会完的摇来摇去的梦。

不过终于还是到了头，还是完了。太阳到了头，梦跟着也到了头。当太阳最后的余晖照在公园时，玛丽阿姨把她的脚放到地面上，她的秋千一震，停了下来。

"该走了。"她平静地说。她的声音就这一回一点儿不凶，大家马上停止荡秋千，乖乖地听她的话。她把双胞胎和安娜贝儿放进童车，童车发出熟悉的呻吟声。简和迈克尔静静地走在她身边。大地还在他们的脚下摇晃。他们快活，安静，一声不响。

吱吱，吱吱！童车顺着小路走。

嚓，嚓，嚓，玛丽阿姨的鞋子响。

当最后的阳光落到樱桃树淡绿的叶子上时，迈克尔抬起头来看。

"我相信，"他做梦似的对简说，"内利·鲁比娜一定来过这里！"

"今天来，明天去——那就是我。"一个清脆的铃铛似的声音叫道。

他们回过头去，看到的正是内利·鲁比娜本人，她坐着她的木盘一路转动着过来。在她后面是老道杰叔叔的旋转身影。

"我都不知转了多么久了！"内利·鲁比娜叫道。"我一直在到处找你们！"她喘着气说，"你们都好吗？我想是不错！我要见你，玛丽·波平斯，要给你一个……"

"还有，"道杰叔叔急着插话，"祝你一路……"

"道杰叔叔！"内利·鲁比娜用警告的眼色看看他说。

"噢，对不起！请你原谅，我亲爱的！"老人马上回答。

"只是一点儿小东西，让你能记起我们。"内利·鲁比娜说下去。接着她伸出一条木头手臂，把一样白色的小东西放在玛丽阿姨的手里。

孩子们围拢来看。

"是一张字条！"迈克尔叫着。

简在暗下来的光线中看上面那些字。"再见，我的仙女！"她念出来，"那么你要离开啦，内利·鲁比娜？"

"噢，天哪，是的！就是今天晚上！"内利·鲁比娜看着玛丽阿姨，发出铃铛似的清脆声音。

"你可以留着它在路上看，波平斯小姐！"道杰叔叔向那张字条点点头。

"道杰叔叔！"内利·鲁比娜叫道。

"噢！天哪！噢，天哪！我又抢话了！我太老，就这么回事，

我亲爱的。当然，请你原谅。"

"噢，谢谢你们二位的好意。"玛丽阿姨有礼貌地说。你可以从她笑的样子知道她很高兴。接着她把字条塞进口袋，把童车一推。

"噢，请等一等，玛丽·波平斯！"一个上气不接下气的声音在他们后面叫。小路上脚步声噼噼啪啪响，孩子们马上回过头去。

"怎么，是特维先生和特维太太！"当一个高瘦条子和一个圆胖身子手拉着手走上前来时，迈克尔叫道。

"我们现在自称胖瘦夫妻。我们觉得这样听起来更好玩。"特维先生从眼镜上面朝他们看下来，他太太跟他们一个个拉手。

"玛丽，"特维先生用他伤心的声音说下去，"我们想就来一会儿——说声再见，你知道。"

"而且希望离开的时间不要太长，亲爱的玛丽！"特维太太微笑着加上一句。她圆滚滚的胖脸摇得像啫喱一样颤动，她看上去极其快活。

"噢，谢谢你们二位！"玛丽阿姨和他们握手说。

"这是什么意思——再见……太长……"简靠紧玛丽阿姨问道。什么东西——也许是天黑——使得她忽然想要靠紧她温暖和舒服的身体。

"太长……这是说我的两个女儿！"一个细小的声音说，同时从阴影中出现了一个人，"太长，太宽，太大，太愚蠢——这是我的两只大长颈鹿。"

　　小路上站着科里太太，她的衣服上盖满了三便士硬币。在她后面高视阔步地走着范妮和安妮，像一对伤心的巨人。

　　"好，我们又来了！"科里太太对朝着她看的孩子们咧开嘴笑着尖叫道，"噢！他们长得真快，不是吗，玛丽·波平斯？我看得出，他们不再需要你了！"

　　玛丽阿姨点头同意，迈克尔一声反对，扑到她身边。

　　"我们永远需要她……永远！"他叫着，把玛丽阿姨的腰抱得那么紧，他感觉到了她结实的硬骨头。

　　玛丽阿姨像一头生气的黑豹那样看着他。

　　"请你不要夹碎我，迈克尔！我不是一条装在罐头里的沙丁鱼！"

　　"我只是来跟你说句话，"科里太太格格地说下去，"一句老话，玛丽，有话最好快点说。正如所罗门为了示巴女王心神不定的时候我一直跟他说的——既然总有一天非说不可，干吗不现在就说呢？"

　　科里太太用窥探的眼光看着玛丽阿姨。接着她温柔地说了一声："再见，我亲爱的！"

　　"你们也要离开吗？"迈克尔看着科里太太，问道。

　　她快活地尖声大笑。"噢……是的，不妨说，是的！一旦一个走，大家都走——总是这样的。好了，范妮和安妮……"她向周围看，"你们这两个白痴把那些礼物怎么样了？"

　　"在这里呀，妈妈！"姐妹俩紧张地回答，她们的大手把两块很小的姜汁饼放在玛丽阿姨的手掌上。那姜汁饼一块样子

像颗心，一块样子像颗星星。

玛丽阿姨高兴得叫起来。

"哎呀，科里太太！多么大的惊喜啊！这又是对我的款待，又是让我快乐！"

"噢，没什么。只是做个纪念。"科里太太很神气地挥挥手。她那双边上有松紧带的小靴子在童车旁边跳。

"你所有的朋友今天晚上好像都到这里来了！"迈克尔对玛丽阿姨说。

"你把我当什么人——一个隐士吗？我什么时候想见朋友我就能见到！"

"我只是随便说一句……"他想解释，一声快活的尖叫打断了他的话。

"噢，艾伯特……不是你才怪呢！"科里太太快活地叫道。她跑过去迎接急急忙忙走来的那个矮胖子。孩子们一认出这是威格先生，也一声欢呼。

"噢，保佑我的靴子。是克拉拉·科里啊！"威格先生叫道，亲热地跟她拉手。

"我不知道你们相识！"简觉得很奇怪地说。

"你不知道的事多着呢，加起来有一本字典那么厚。"玛丽阿姨哼了一声，插嘴说了一句。

"相识？我们从小就在一起……对吗，艾伯特？"科里太太叫道。

威格先生咯咯笑。"唉，美好的往日！"他快活地回答，"噢，你好吗，玛丽，我的小姑娘？"

"很好，谢谢你，艾伯特叔叔。没什么可埋怨的。"玛丽阿姨回答说。

"我想来说句告别话，旅途愉快什么的。对于这件事，这可是一个美好的夜。"威格先生环视潜进公园的清朗的暮色。

"一个美好的夜做什么事啊？"迈克尔问道。他希望玛丽阿姨不要因为她那些朋友这样走掉会感到孤单。不过他心里说——她到底还是有我在这里啊，她还需要什么呢？

"一个美好的夜起程啊——做的就是这件事！"布姆海军上将用他兴高采烈的声音叫道。他正穿过树木向他们一路大踏步走来，一边走一边唱：

航海，航海，航过波涛汹涌的大海。一路上经历无数次狂风吹、恶浪打，杰克终将重新回到家。

"啊嗬，笨水手们！升起主帆！把锚拉起来，让船开走吧！我是一定要走的！哦嗬……横渡宽阔的密苏里河！"他用鼻子发出吹雾号的声音，看着玛丽阿姨。

"全都上船了吗？"他声音沙哑地问道，把一只手搭在她的肩上。

"全都上船了，先生。"她一本正经地回答，古怪地看了他一眼。

"嗯，很好……"

> 我忠实于我的爱人，
>
> 如果我的爱人忠实于我！

　　他用几乎可以说是斯文的声音唱道。"好了……"他打断自己的歌声，"左舷，右舷！呜呀！哦嗬！你不能这样对待一个水手！"

　　"气球，气球！"一个高亢的声音叫道。同时一个小东西嗖嗖地飞过，碰掉了海军上将的帽子。

　　这是卖气球的女人。一个小气球从她手上飞起来，线把她拉了上去，在暮色中飞走。

　　"再见，再见，我亲爱的鸭子！"她一面叫着一面消失不见了。

　　"她走了——像一道电光！"简在她后面看着，叫道。

　　"她当然不是一只慢吞吞地爬的蜗牛，像我可以指名道姓说出来的一些人！拜托你走起来吧！"玛丽阿姨说，"我没有一个通宵可以浪费！"

　　"我想是没有！"科里太太咧嘴笑着说。

　　他们走了起来。这一回他们抢着要做她叫他们做的随便什么事。他们把手放到童车上她戴黑手套的手指旁边。当他们和一群喊喊喳喳的人急急忙忙走的时候，清朗的暮色像条河一样淹没了他们。

　　现在他们已经快到公园大门了。胡同黑黑的伸展在他们面

前，从胡同里传来音乐声。简和迈克尔对看了一下。他们扬起来的眉头在说：这是怎么回事呢？接着好奇心让他们忍不住了。他们想留在玛丽阿姨这里，可是又想去看看发生了什么事。他们看看一身深蓝色的玛丽阿姨，接着就开始跑了。

"噢，瞧！"当简来到公园大门时，她叫道，"是特威格利先生拿着一架手摇风琴！"

真是特威格利先生，他拼命地摇风琴把手，箱子里发出狂放的甜美音乐。他旁边站着个发亮的小个子，看上去有点眼熟。

"它们全都是用最好的砂糖做的。"当孩子们穿过马路时，一个快活的声音对特威格利先生说。当然，他们一下子知道这个人是谁了。

看吧，看吧，

像只狗熊那样看着，

那么无论在什么地方，

你们都会认出我！

卡利科小姐快活地唱着，向他们招手。

"能请你们把你们的脚稍微挪开点吗，小朋友？你们站在我的一朵玫瑰花上了！"

卖火柴的伯特就蹲在他们家前面院子门口的人行道上，正用彩色粉笔在柏油地上画一大束花。埃伦和那位警察在看他。拉克小姐和她的两只狗站在隔壁门口听音乐。

　　"等一等，"她对特威格利先生说，"我跑进去给你拿个先令来。"

　　特威格利先生满面微笑，轻轻地摇摇头。

　　"不必费心了，小姐，"他告诉拉克小姐，"一个先令对我没有用。我这样做完全为了爱。"孩子们看到他抬起眼睛，和正在走出公园的玛丽阿姨交换了一个眼色。他用尽力气摇把手，曲子变得又响又快。

　　"再画一朵勿忘我花……然后就画完了。"卖火柴的对自己喃喃说着，在那束花上又加了一朵。

　　"太美了，伯特！"玛丽阿姨很欣赏地说。她已经把童车推到他背后，看着地上的画。他轻轻叫着站起来，从人行道上把那束花拿起来，送到她手里。

　　"这些花是送给你的，玛丽，"他难为情地对她说，"我画它们全都是为了你！"

　　"真的吗，伯特？"她微笑着说，"我真不知该怎么谢你才好！"她把她发红的脸藏到那束花后面。孩子们能闻到玫瑰的香气。

　　卖火柴的看着她发光的眼睛，露出可爱的微笑。

　　"是今天晚上……对吗，玛丽？"他说。

　　"对，伯特。"她点头说，把一只手给他。卖火柴的难过地看了它好一会儿。接着他低头吻吻它。

　　"那么再见了，玛丽！"他们听见他悄悄说。

　　她温柔地回答了一声："再见，伯特！"

"今天晚上这都是怎么啦？"迈克尔问道。

"今天晚上是我一生中最快乐的一个晚上！"拉克小姐听着手摇风琴声说，"我从来没有听到过这样美妙的音乐。它简直让我的脚动起来了！"

"那就让它们和我的一起动起来吧！"海军上将大声喊道。他把拉克小姐一把从她的院子门口拉过来，沿着胡同跳起了波尔卡舞。

"噢，海军上将！"他们听到她在他把她转过来转过去时大叫。

"可爱的鸽子，猫的眼睛！"特维太太咕咕叫着说。特维先生看上去非常尴尬，只好让她把自己抱着转来转去地跳舞。

"怎么回事……啊？"警察傻笑说，埃伦还没来得及擤鼻涕，他已经抱着她跳起舞来了。

一、二、三！一、二、三！响亮而甜美的音乐声从手摇风琴流淌出来。街灯一下子特别亮，胡同里闪烁着光和影。一、二、三，卡利科小姐的脚在特威格利先生身边自个儿跳起来。这曲子是那么欢快，简和迈克尔再也忍耐不住。他们冲出去，一、二、三，他们的脚在发出回声的路上吧嗒吧嗒跳起来。

"喂！这都是怎么回事？请遵守规则！公共场所不可以跳舞，现在走开，不要妨碍交通！"公园管理员照老规矩瞪大眼睛，一路走过胡同。

"可怜可怜我这跳豆吧！你正是我所要的人！"卡利科小姐叫道。公园管理员还不知道是怎么回事，她已经拉他跳起了

这复杂的舞蹈，他又是喘不过气来，又是目瞪口呆，又是转啊转啊。

"我们旋转吧，克拉拉！"威格先生叫着，和科里太太旋转着过去了。

"我一直和亨利八世[1]这样跳舞……噢，我们有过多么美好的日子啊！"她尖声叫道。"走开点，你们两个笨手笨脚的丫头！你们的脚别碰了人！"她换了一种口气对范妮和安妮说话，她们两个正跳得像一对叫人受不了的大象。

"我从来没有这样快活过！"拉克小姐兴奋的叫声响起。

"你该出海，我亲爱的露辛达！每个人到了大海上都快活！"他一边发疯地一路跳着波尔卡舞，一边大声喊道。

"我的确相信我会这样。"她回答说。

她的两只狗吓坏了，相互看看，希望她能改变主意。

当跳舞的人们转啊转啊转成一个圈的时候，暮色越来越暗了。圆圈中央站着玛丽阿姨，手里握着她那束花。她轻轻地摇着童车，她的脚跟着音乐打拍子。卖火柴的从人行道那儿看着她。

她站在那里笔直不动，微笑着，两眼从每一个人身上扫过去——拉克小姐和海军上将、一胖一瘦的特维夫妇、在两个圆盘上转着的挪亚方舟时候的人、抓住公园管理员的卡利科小姐、在威格先生怀里的科里太太、科里太太的两个大块头女儿……接着她的闪亮的目光落到两个孩子身上，他们正在大圆圈中旋转跳舞。她看了他们两个很久很久，看他们闪亮的入迷的脸，

[1] 亨利八世 (1491—1547)，英格兰国王。

·215·

看他们互相抱住的手臂。

忽然之间，他们好像感觉到落在他们身上的目光，一下子停下了舞步，大笑着向她跑过去，上气不接下气。

"玛丽阿姨！"他们两个贴紧着她大叫。可他们发现没话可说。只要叫她的名字就够了。

她抱住他们两个的肩头，看进他们的眼睛。这是一个长长的、深深的凝视，探索着什么，一直深入到他们的心底里，看到那里有什么，接着她微笑着，转过了身。她从童车里拿起她那把鹦鹉头雨伞，把安娜贝儿抱在怀里。

"我必须进去了，简和迈克尔！你们两个可以待会儿把双胞胎带进来。"

他们点点头，跳过舞气还没有平息下来。

"现在，你们要做乖孩子！"她平静地说，"记住所有我告诉你们的话。"

他们微笑着向她保证。他们想，这话说得多么滑稽啊，好像他们胆敢忘记似的！

她轻轻地揉揉双胞胎的发卷。她扣好迈克尔上衣脖子上的纽扣。她拉挺简的衣领。

"好，就现在，我们走吧！"她快活地对安娜贝儿叫了一声。

接着她走进花园门，轻松地抱着小婴孩、花束和鹦鹉伞。这个整洁端庄的身子走上台阶，走起来喜气洋洋，好像对自己满意得没话说。

"再见，玛丽·波平斯！"当她在前门那儿停了停时，所

有跳舞的人大叫。

她回过头看着他们，点点头。这时手摇风琴发出很响的甜美音乐声，她走了进去，前门关上了。

当音乐声停下的时候，简浑身发抖。也许是空气那么冷，让她感到孤单。

"我们等大家都走了再进去。"她说。

她转脸看周围那群跳舞的人。他们站在人行道上一动不动，像在等着什么，因为每张脸都抬起来看着17号。

"他们要看什么呢？"迈克尔向后面扭过头去说。

这时儿童室窗口一亮，一个黑影从窗子里掠过。孩子们知

道那是玛丽阿姨，她正在生傍晚的炉火。火焰很快就跳起来。它在窗玻璃上闪耀，照亮黑下来的花园。火焰越来越高，窗子被照得越来越亮。接着他们看到，儿童室反映在对面拉克小姐的边墙上。这儿童室的反影在花园上面高处亮着，看到它里面闪闪的炉火、壁炉台、旧扶手椅和……

"那扇门！那扇门！"胡同里的人群中响起一个上气不接下气的叫声。

什么门？简和迈克尔你看我我看你。忽然之间——他们知道了。

"噢，迈克尔！不是她那些朋友要离开！"简用痛苦的声音叫道，"是……噢，赶快，赶快！我们必须去找她！"

他们用发抖的手把双胞胎从人群中拉出来，拉着他们进院子门。他们直奔前门，奔上楼梯，冲进儿童室。

他们朝房间里一看，脸色一下子沉下来，因为里面的一切都和平时一样宁静。炉火在它的格栅后面劈劈啪啪响，安娜贝儿在她的小床上舒服地被塞好了毯子，正轻轻地打呼。他们早晨搭城堡的积木整齐地堆在角落。在它们旁边放着玛丽阿姨那宝贵的一盒多米诺骨牌。

"噢！"他们喘着气，惊奇地发现一切都是老样子，弄不明白怎么回事。

一切都是老样子吗？不对！少了一样东西。

"帆布床！"迈克尔叫道，"它没有了！那么……玛丽阿姨在哪里？"

他走进浴室,他走到外面楼梯口,他再回到儿童室来。

"玛丽阿姨!玛丽阿姨!玛丽阿姨!"

这时候简从炉火抬头看到窗口,轻轻叫了一声。

"噢,迈克尔,迈克尔!她在那里!那里有另外一扇房门!"

迈克尔顺着简的手指看去,他的嘴巴张大了。

因为在那里,在窗子外面,反映出另一个儿童室。它从17号反映到对面拉克小姐的边墙上,真实儿童室里的一切都反映在那个明亮的房间里。那里有安娜贝儿那张闪亮的小床和光形成的桌子。那里有火焰蹿得高高的炉火。最后,那里有那另外一扇门,它和他们后面那扇房门一模一样。它在花园的另外一边,像块光的板那样闪耀。在它旁边站着他们自己的反影,而沿着虚幻的地板,一个人在踮起脚向它走去,那就是玛丽阿姨。她一只手拿着毯制手提包,另一只手的胳肢窝里夹着卖火柴的送的那束花和鹦鹉伞。她高视阔步地在反映出来的儿童室走过,在反映出来的那些闪亮的旧东西之间走过。她走时,那顶黑草帽上面的雏菊一点一点地颤动。

迈克尔很响地大叫一声,向那窗子冲过去。

"玛丽阿姨!"他叫道,"回来!请你回来!"

双胞胎在他后面开始呜呜哭。

"噢,玛丽阿姨,请你回到我们这里来吧!"简在窗口的座位上大叫。

可是玛丽阿姨不理睬。她轻快地向那扇在空气中闪现的房门大步走去。

"她这样走不到任何地方去的！"迈克尔说，"这样只会撞到拉克小姐的墙上。"

可就在他说话的时候，玛丽阿姨来到了那另一扇房门，把它敞开。孩子们惊奇得喘不过气来，因为他们本以为要看到挡住她的墙完全不见了。在玛丽阿姨笔挺的蓝色身影那边什么也没有，只有一片天空，一片黑夜。

"回来吧，玛丽阿姨！"他们两个异口同声地大叫，发出最后的绝望哀鸣。

玛丽阿姨好像听到他们的声音，停了一下，一只脚踏在门坎上。当她很快地回身看一下儿童室时，她衣领上的海星闪耀着。她朝四张看着她的伤心的脸微笑，挥动她手里的那束花。接着她猛地打开那把鹦鹉伞，走到外面的黑夜里去了。

雨伞摇晃了一会儿，在空中晃动时，火光把它照得通亮。接着，它好像自由了，觉得很高兴，猛地向上一蹿，飞上了天空。玛丽阿姨紧紧握住鹦鹉伞的柄，随着它飞过树顶，越飞越高。她一路飞的时候，手摇风琴奏起了音乐，像婚礼进行曲一样庄严洪亮。

回过头再看儿童室，熊熊的炉火微弱下来了，只剩下深红色的煤块。火焰消失，闪亮的另一个房间也随之消失。那里很快什么也看不见，看到的只有樱桃树随风晃动，还有拉克小姐家那光光的砖墙。

可是在屋顶上空，一个发亮的人影在上升，一分钟比一分钟高。它好像把炉火所有的火星和火焰积聚在自己身上，在寒

冷的黑暗天空中闪耀得像一个聚光点。

　　四个孩子靠在窗台座位上盯着它看。他们的手紧紧地捧住他们的脸，他们胸口里的心十分沉重。他们不打算解释这件事，因为他们知道，玛丽阿姨的事有许多是永远没有办法解释的。她从哪里来，没有人知道；她上哪里去，没有人猜得着。只有一件事他们可以断定——她遵守诺言。她和他们待在一起，一

直待到那扇门打开，然后她才离开他们。他们说不出他们是不是再能看到那个笔挺整洁的身影了。

迈克尔伸手去拿那盒多米诺骨牌。他把它放在窗台上，放在简的旁边。他们一起拿着它，看着那把雨伞飘过天空。

不久班克斯太太进来了。

"怎么……就你们几个坐在这里，我的小宝贝们？"她打开电灯叫起来。"玛丽阿姨上哪里去了？"她环顾房间问道。

"她走了，太太。"一个埋怨的声音说，布里尔太太在楼梯口出现。

班克斯太太脸上露出吓了一跳的表情。

"你这话是什么意思？"她不安地问道。

"是这样的。"布里尔太太回答说，"我正在听下面胡同里的手摇风琴，看到空的童车，卖火柴的把它推到门口。'你好！'我说，'玛丽·波平斯呢？'是他告诉我说，她又走了。她拍拍屁股就走掉了。连一张字条也没留在她的针垫上！"

"噢，我可怎么办啊？"班克斯太太一屁股坐在旧扶手椅上，哀声叫着。

"怎么办？你可以来和我一起跳舞啊！"班克斯先生叫道，他正飞奔上楼。

"噢，别说傻话了，乔治！出事情了。玛丽·波平斯又走掉了！"班克斯太太苦着脸。"乔治！乔治！请你听我说！"她求他说。

因为班克斯先生根本没把她的话往心里去。他拉起大衣的

两片燕尾，正在房间里团团转地跳起圆舞来。

"我不能！下面胡同里手摇风琴，正在奏《蓝色多瑙河》。嘣嚓嚓，嘣嚓嚓，嘣嚓嚓！"

他把班克斯太太从椅子上拉起来，抱着她团团转地跳圆舞，嘴里拼命地唱。最后他们双双无力地跌坐在窗口座位上，在看着他们的孩子们中间。

"不过，乔治……这可是件不得了的事！"班克斯太太半笑半哭地反对说，把她乱了的头发用发夹重新夹好。

"我看到了比这还要不得了得多的事！"他看着儿童室窗外说，"一颗流星！看着它！向它提出希望吧，孩子们！向流星提出希望会实现的！"

那光点子划过长空，在黑暗中劈开一条路。大家看着它，每人心中忽然感到甜丝丝的。下面胡同里的音乐停止了，跳舞的人全手拉着手站着，抬起了头看。

"我亲爱的！"班克斯先生抚摸着班克斯太太的脸温柔地说。他们相互拥抱，向那颗星星提出他们的希望。

简和迈克尔屏住了呼吸，他们心中那种甜丝丝的感觉已经溢出来了。他们提出的希望是一生都记住玛丽阿姨。什么地方，怎么回事，什么时候，为什么……这些跟他们都没关系。他们知道，一涉及她，这些问题是永远没有答案的。在他们头顶上飞过天空的那个亮光闪闪的人永远保守着她的秘密。可是在未来那些夏日和冬天的长夜，他们将记住玛丽阿姨，想到她跟他们说过的每句话。雨和太阳会使他们想到她，鸟兽和变换的季

节也会使他们想到她。玛丽阿姨本人已经飞走了，可她带来的礼物将永远留下。

"我们永远不会忘记你，玛丽阿姨！"他们凝视着天空低声地说。

她光亮的身影在飞行中停了停，摇动了一下回答他们。接着黑暗用它的翅膀盖上她，把她藏了起来，他们再也看不见她了。

"它消失了！"班克斯先生看着没有星星的夜空，叹了口气。

接着他拉上窗帘，让大伙儿到炉火前面……

随风而来的玛丽阿姨
——走进孩童日常生活的精灵

彭 懿

是谁写了这本书

帕·林·特拉芙斯（1899—1996），出生于澳大利亚。父亲是爱尔兰血统，母亲是苏格兰血统，她在一个甘蔗种植园中长大。受父亲影响，她童年时代就对爱尔兰神话及传说感兴趣，热爱读童话。她八岁时，父亲突然去世。十三岁，她进了悉尼一家寄宿学校，在学校时曾经出演过莎士比亚的《仲夏夜之梦》。她后来当过演员，还写诗投稿，人生的志向渐渐地从演员转向了作家。二十五岁时，她怀抱着成为一名作家的梦想，独自一人到了英国。她给文艺杂志写稿，与爱尔兰诗人兼编辑的乔治·威廉·拉塞尔成为好友，并在诗人、"爱尔兰文艺复兴运动"领袖叶芝的指导下，对爱尔兰文学及古代凯尔特神话产生了新的

认识。

1964 年，她的《随风而来的玛丽阿姨》被美国迪士尼公司改编成歌舞片《欢乐满人间》。真人与动画的巧妙搭配，再加上穿插其间的十几首悦耳动听的歌曲，使这部电影获得了五项奥斯卡大奖。

她一生未婚，以九十七岁的高龄去世。

先来认识一下书中的主要出场人物

班克斯先生

樱桃树胡同 17 号的男主人，在银行上班，整天就是坐在一张大桌子后面忙着数钞票和硬币。

班克斯太太

樱桃树胡同 17 号的女主人。

简

班克斯夫妇的大女儿。

迈克尔

班克斯夫妇的儿子，简的弟弟。

约翰和巴巴拉

班克斯夫妇的一对双胞胎，还是睡在婴儿床上的婴儿。

玛丽·波平斯阿姨

被风吹进班克斯家的保姆。她头发黑亮，人很瘦，大手大脚，有一双直盯着人看的蓝色小眼睛，孩子们说她"像个荷兰木偶"。她出门时，胳肢窝下总是夹着一把伞柄上有个鹦鹉头的伞。她从来不跟大家多说话。

在故事的尾声，当玛丽阿姨乘西风归去时，小主人公之一的迈克尔推开自己的妈妈，扑倒在地，伤心地大喊大叫："天底下我就要玛丽阿姨！"是的，玛丽·波平斯阿姨可能是天底下每一个孩子都梦寐以求的一位保姆了。即使是在今天，英国人登报纸寻找保姆时，第一句话很多时候也是："诚征玛丽·波平斯！"

玛丽·波平斯，一个长得像"荷兰木偶"、出门总是戴着手套、胳肢窝里夹着鹦鹉头伞柄的伞、不停吸鼻子的年轻的女子，到底是凭什么俘获了孩子们的心呢？

难道她不是一个凡人？

她是一个凡人，甚至可以说，她"凡"得都不能再"凡"了——古怪，爱发脾气，自大而又高傲，一点都不和蔼可亲。你看，她相貌平平，"很瘦，大手大脚，有一双直盯着人看的蓝色小眼睛"，却极度自恋，总以为自己是一个美人，"爱时髦，要给人看到她最漂亮的样子"。只要有镜子，不管是车窗还是橱窗，她一定要搔首弄姿地照上一番，因为"她觉得自己看起来这么可爱"，"她觉得从未见过有人这么漂亮"，照完了，还会忘情地赞美自己一句："瞧你多美！"可是对孩子们，她却连一点点耐心都没有，严厉不说，还整天一副气呼呼的样子，不苟言笑，回答问题不是爱搭不理，就是一顿冷嘲热讽："我怎么知道？我又不是百科全书！"

可她又不是一个凡人。你看，她不请自来那天，简和迈克

尔这两个孩子就发现事情有些蹊跷了（大人是看不见的）——先是东风狂吹，胡同里的樱桃树前后左右地摇晃，像发了疯，想连根从地上蹦起来似的。然后，一个女人的身影被风吹到了门口，她着地时，整座房子都摇动了。"多滑稽！这种事情我从没见过。"一个孩子说。接下来发生的事情更加让人匪夷所思，她竟两只手拿着手提袋，一下子很利索地坐上楼梯扶手滑上楼来。两个孩子傻掉了："这种事从来没有过。滑下去的事常有，他们自己就常干，可滑上来的这种事从来没有过！"更让孩子吃惊的是，她从那个空空的、被她称为毯子（让人联想起神话中的魔毯）的手提袋里，像变魔术似的，拿出来一块肥皂、一把牙刷、一张折叠行军床……难怪两个孩子会觉得：这个玛丽·波平斯阿姨是一个怪人，樱桃树胡同 17 号出了了不得的大怪事。

家里突然出现了这样一个魔法人物一般的保姆，孩子们又怎么能不激动，不被她迷住呢？所以他们忍不住要问她："玛丽阿姨，你永远不再离开我们了吧？"

而我们要问的是，作者帕·林·特拉芙斯是怎样创造出玛丽·波平斯这个儿童文学中独一无二的形象来的呢？说独一无二，是因为在过去的童书中，虽然魔法人物不胜枚举，但还没有出现过这样一个走进现代孩子的日常生活之中、既是凡人又不是凡人的人物形象。贝蒂纳·贺里曼在《欧洲童书三百年》里没有说错：玛丽·波平斯虽然拥有魔法，但她身上却没有民间故事里的人物所具备的那种属性。关于玛丽·波平斯，特拉

芙斯曾经在《自传素描》的结尾说过这样一句话："如果你要寻找自传的事实，玛丽·波平斯就是我自己生活的故事。"这话有点玄，但借用《随风而来的玛丽阿姨》里的一句话来说，就是"不管碰到的事怎么古怪，还是不要跟她争论好"。不过有一点是可以肯定的，当她还是一个孩子的时候，玛丽·波平斯这个人物就在她的脑海中闪现了，"像窗帘忽开忽合一样，萦绕我一生"。玛丽·波平斯不是她凭空幻想出来的，有原型，她童年时就有这样一位保姆，外出时总是带着一把鹦鹉头伞柄的伞，一回到家里，就会把一天的所见所闻讲给孩子们听，可一旦说到重要的地方，便会以接下来的话不适合孩子听为由，突然把话题中断。

对于小读者来说，玛丽·波平斯阿姨最大的吸引力还不是她的魔法，而是她的神秘。

她是会魔法——她可以从一个空无一物的手提袋里往外掏东西，可以让孩子飘浮在空中喝下午茶，可以跟狗说话，可以用一个指南针把孩子送到北极，可以往天上贴星星……可是这样的人物并不稀奇，童书里多的是。稀奇的是，她身上有太多的谜团，就像她自己总是拒绝回答孩子们的问题一样，作者从不交代，只是留下一个开放的文本任由我们来猜测。

比如，第一个疑问是玛丽阿姨从哪里来，又回到哪里去了。在《随风而来的玛丽阿姨》里只是说她乘东风而来，乘西风归去："她一个劲地飞呀飞，飞到云间，最后飘过山头，孩子们除了看见树木在猛烈的西风中弯曲哀鸣以外，什么也看不见了。"

而在系列的第二部《玛丽阿姨回来了》里，她是拉着一根风筝线从天而降，最后坐着旋转木马回到了天上，变成了一颗新的星星……这么说，她应该"曾离开天空下来，如今又回到天上去了"。可是，她似乎又没离开过地面，你看，她那一大群怪里怪气的亲戚和朋友不就住在我们的身边嘛：走进画里的画家、充满笑气悬在半空中的叔叔贾透法、卖姜饼的科里太太、表哥眼镜蛇……这就牵扯到了第二个疑问，她是谁？智者、动物之王眼镜蛇给出了一个非常抽象的答案，它说她就是孩子们，就是它自己，它的原话是这样说的："鸟、兽、石头和星星……我们全都是一体，全都是一体……""孩子和蛇，星星和石头全都是一体。"到了系列的第三部《玛丽阿姨打开虚幻的门》里，她又被说成"是变成真实的童话"。是不是越说越解释不清了？对，她从头到尾都是一个未解之谜。

作者根本就不想解释。换句话说，作者是故意把玛丽·波平斯写成一个迷雾重重的人物的。当然，她有她的追求，小峰和子在《大人英国儿童文学读本》中说特拉芙斯这样写，是因为"特拉芙斯从自己的童年经验中知道，越是不解释，反而越是能在神话带来的惊奇中培养想象力"。

如果我们一定要追问玛丽·波平斯到底是谁，马杰丽·费希尔或许说得再好不过了："她就是一个精灵。"当然，她不是出没于另一个世界的精灵，而是一个走进现代孩童日常生活的精灵。内斯比特是这类被称为"日常魔法"式幻想小说的鼻祖，她的《五个孩子和一个怪物》里也有这样一个精灵，就是

那个来自远古，被现代的孩子们从沙坑里挖出来的沙妖。不过，它与玛丽·波平斯相比，就显得太小儿科了，变出来的魔法一到日落就消失不说，规模也小得多，还缺乏神秘感。玛丽·波平斯的魔法世界则要大多了，大到花鸟鱼虫，大到海底，大到壮阔的星空和浩瀚的宇宙。特拉芙斯曾以《只要连接》为题发表过一篇讲演，她说只要连接"已经与未知""过去和现在"，就能把玛丽·波平斯呼唤出来。

孩子们喜欢玛丽·波平斯阿姨，是因为她改变了他们的生活，把他们引入了一个幻想的世界，带领他们去冒险。希拉·A.伊格在《故事之力：从中世纪到现代的幻想小说》一书中说：玛丽·波平斯虽然声称"各人有各人的童话世界"，但她的任务，就是推开那扇"虚幻的门"，把只拥有平凡想象力的普通的孩子送进门去。而且这种冒险是有限制的，就是绝对不允许自己擅自去冒险，冒险一结束，就要立刻回到井然有序的日常生活。书里的两个小主人公不可能擅自去冒险，因为他们找不到路，故事里没有类似魔法衣橱那样的通往另外一个世界的通道。实际上，这恰恰就是"玛丽·波平斯"系列一个最大的叙事特征。你看，玛丽·波平斯阿姨明明带着他们走进了一座普通的公寓，人浮在空中的奇迹就发生了；明明走在大街上，就来到了一家从未见过的古怪铺子门前……幻想世界与现实世界的边界被彻底地模糊掉了，所以《纽约时报》的一篇书评才会说："当玛丽·波平斯出现在附近的时候，她身上的那股魔力，总是让读者分辨不出真实的世界在哪里渐渐地变成了幻想的世界。"

其实，如果你读完了故事，你就会发现其实玛丽·波平斯阿姨也不是整天气呼呼的，她爱孩子，还挺幽默。举个例子，每次发生了什么事情之后，她绝不承认，总是要掩盖一切，不是装糊涂地问你："你这话是什么意思？"就是瞪你一眼："亏你想得出！"可那回从动物园回来，尽管她矢口否认，眼尖的孩子们还是发现了她腰间束着一根金蛇皮做的皮带，上面还写着："动物园敬赠。"这个小小破绽，显然是她故意和孩子们开的一个小小玩笑。

对于"玛丽·波平斯"系列，批评家们也有不少争议。反对的一派认为故事不连贯，玛丽阿姨运用起魔法来也有点随心所欲。支持的一派则认为，玛丽·波平斯成功的秘密，或许就在于这种魔法的随意性。而且从表面上看，一个个故事是独立的，但其实每一章都有各自的特征，如《随风而来的玛丽阿姨》的第二章"休假"像童话，第三章"笑气"像荒诞闹剧，第五章"跳舞的牛"像鹅妈妈童谣，第十一章"买东西过圣诞节"像神话……德博拉·科根·撒克与琼·韦布更是在《儿童文学导论：从浪漫主义到后现代主义》中指出：特拉芙斯的作品是一次现代主义的写作，尽管排斥直线叙述，这似乎缺乏连结，但文本并不是一连串的特别事件。文本有一个模式，使读者能在玛丽·波平斯的神秘世界里得到领悟。

这个系列，特拉芙斯一共写了八本。有一个十六岁的年轻人评论这些书"只能是一个疯子写的"，她把这句话当作赞美。她说，一个作家就是需要发狂，因为这就是她创作玛丽·波平

斯时的状态："不是我创造了玛丽·波平斯，而是玛丽·波平斯创造了我。"

在这个系列的最后一本《玛丽阿姨和隔壁房子》，当孩子们听到玛丽阿姨说"还是家最好"时，孩子们大胆地问她："那么你呢，玛丽阿姨？你的家在哪里——东还是西？你不在这里的时候，你上什么地方去呢？"她那双蓝色眼睛闪了一下，那个老样子的熟悉的神秘微笑对着他们急切的脸："不管在什么地方，那儿就是我的家！"

这个"什么地方"，至少有一个我们是可以找到的，它就是"特拉芙斯作品典藏"系列这套书。只要你一翻开它，一个气呼呼地吸鼻子的声音就会大声地责问我们道："请问，你这话是什么意思？"

（作者为儿童文学博士、儿童文学作家及研究者）